Le Carnaval des ambitieux

Patrick Sébastien

Le Carnaval des ambitieux

XO
EDITIONS

ISBN : 978-2-37448-692-5

PROLOGUE

Encore un livre.

Le dernier peut-être.

Différent.

Égoïste.

Qu'importe qu'on le lise, l'urgence est de l'écrire.

Pour que l'écrivaillon fasse sa seiche. Qu'il crache l'encre. Qu'il dégueule le trop-plein dans son océan de solitude. Eh oui ! Je suis connu, reconnu, aimé, entouré d'amis, d'enfants, de femmes, de fans. Heureux, c'est sûr. Mais paradoxalement bien plus seul aujourd'hui que dans le minuscule espace du sixième étage sans ascenseur de mes débuts artistiques. Il y a cinquante ans déjà. En grimpant les escaliers, j'imaginais un petit succès, mais certainement pas cette prétendue gloire-là dans mon sillage.

La gloire, cette putain inversée qui vous paye et qui vous baise.

Le plancher craquait. Aujourd'hui il luit. La réussite s'étalonne à la brillance. Des éclats de joie, une voiture qui rutile, une compagne en bijoux, le nom en néon au fronton d'une salle de spectacle. Des cœurs laser d'aficionados dont les rayons vous transpercent d'amour. Et puis, le temps qui passe, lasse et nous trépasse, hélas ! Au rythme des pendules, le GPS du trépas.

Le confort et l'âge m'ont défraîchi le corps et infesté l'âme de ridules. Je ne monte plus les marches quatre à quatre. Même si je sautille encore dans des festivals sur des chansons festives ponctuées d'acclamations, je sais bien qu'il est temps d'accepter ce qu'ils redoutent tant, les bouffeurs de vie comme moi :

Avoir été.

Le talent pour s'habituer à ce déclin annoncé est le plus complexe à acquérir. Il est fait de résilience et de lucidité.

Avec une condition *sine qua non* :

Mentir aux autres peut-être, mais surtout ne jamais mentir à soi-même.

Je ne me mens jamais. Je sais ce que je suis et surtout ce que je ne suis pas. J'ai été pendant des années un compagnon cathodique. Avec l'importance et la volatilité que cela suppose. Ancré dans la mémoire de certains comme un doudou. Et depuis l'arrêt de la télé, par chance, je survis de nostalgie en chansons populaires qui déchaînent même des minots dont je pourrais être le grand-père.

Il est tellement jouissif de se contenter du meilleur !

Malgré les records d'audiences, les succès de toutes sortes, j'ai pris depuis longtemps la mesure de ma taille dans l'ordre animal. Un insecte bien plus qu'un aigle. Une fourmi besogneuse et gaie qui, comme la vraie, ne communique que par les phéromones. C'est que d'l'amour ! Putain, c'est génial !

Cette caricature que l'on fait de moi, gaulois, primaire et presque impudiquement bienveillant me va bien. Mon égo un tant soit peu boursouflé comme celui de tout artiste y trouve son compte. Mon humanisme ironique aussi. Tant il est essentiel pour certains de s'étalonner à la prétendue bêtise des autres pour se donner l'illusion de masquer la leur. Grand bien leur fasse !

Ce beauf sympathique et grivois d'une autre époque, ce n'est certainement pas l'image de moi qui me réjouit le plus, mais bon ! C'est fait, c'est fait. Et tout bien pesé, au regard de mon ambition première en choisissant ce métier de façade, même cette image-là vaut mieux que pas d'image du tout.

D'autant plus que certains témoignages qui me touchent au plus haut point éteignent toutes velléités de m'en plaindre. Celui-là par exemple, reçu par SMS il y a quelques jours de la part de Gregory, le chef de cabinet d'une personnalité politique avec lequel j'avais partagé de belles conversations :

« … Mes parents, des gens très simples sont hyper fiers. À cinquante ans je n'ai pas de Rolex, mais j'ai discuté avec Patrick Sébastien. C'est pas mal ! »

Alors même si la caricature est très réductrice, à défaut de faire contre, on va faire avec. D'autant qu'en termes de réussite pure, je n'ai à rougir de rien. De 1974 à 2024, un demi-siècle de « carrière », comme on dit. Un demi-siècle de cavalcades, de futile, d'orgueil, d'orgasmes, d'enthousiasmes. Et au bout du chemin un homme comme un autre. Même si les sunlights ont pu me faire croire par moments que je resplendissais plus que le commun des mortels. Faux-semblant. La première de mes lucidités.

C'est l'heure du bilan.

J'ai posé le pied sur ma première scène de cabaret le 14 novembre 1974, jour de mes vingt et un ans. C'est l'anniversaire de mes cinquante ans de métier. Noces d'or ? Non. Le métal est trop précieux pour un mariage aussi tumultueux. Divorcer ? Non plus. C'est trop tard. Alors, écrire. Écrire pour analyser, décrasser. En lâchant le plus sincère de ce qui m'étreint. Avec des intimités que j'ai tues jusque-là. Des secrets encore inavoués. Un ultime survol, surtout pas une biographie. Sans chronologie. L'autopsie d'un temps mort.

Un voyage à tire « d'elles ». Que des mots féminins. Avec en tête d'escadrille, l'ambition, mère de tous nos espoirs cachés. Et dans son sillage le cortège de toutes ses filles bâtardes : la fatuité, la démesure, la réussite, la fortune, la débauche, la surenchère, la chute, la rançon de la gloire, la quintessence. Et la solitude, donc. Le plaisir aussi, bien sûr. Parce que, quand même, ce métier qui s'apparente plus pour moi à un loisir rémunéré, quelle chance !

Au-delà de ma vision d'artiste, cet ouvrage est aussi un regard sans concession de citoyen ordinaire sur une société que j'ai vue se modifier au fil des ans. Se moderniser aussi vite que ses valeurs d'équilibre humaniste se sont effilochées. Au gré des ambitions financières, dictatoriales, politiques, idéologiques, philosophiques des dominants.

Une assertion : le pouvoir, le sexe et l'argent constituent le trépied universel de la course au podium. Avec, comme déclic, la question que chacun de nous s'est posée à un moment de son existence :

On m'a donné la vie comme à tout le monde, soit ! Mais comment vais-je faire pour exister aussi bien et, si possible, mieux que les autres ?

Et le carnaval se met en route.

Le bal masqué, ohé, ohé ! Chacun son déguisement. Chef des pompiers, danseuse étoile, juge, directeur, député, artiste, flic, infirmière, artisan, président. Ce défilé des apparences accouche de tant d'illusions, de manœuvres, de calculs. Pour mieux plaire, séduire, réussir. Gagner à n'importe quel prix parfois. Quitte à se perdre. S'égarer dans des sentes bourrées d'ornières. De délires d'alcool en délires d'alcôve. Plus dupes que dopés. Piégés. Faits comme des rats. De laboratoire. Dieu qu'il en faut de l'extrême vigilance pour ne pas se laisser dévoyer par son avatar de société !

Dans mes ouvrages précédents, j'ai dévoilé beaucoup de choses. Avec méfiance tout de même, la bassesse des réseaux sociaux et leur écho de falsification ayant modifié le curseur de la vérité nue. Dans celui-là, je vais en dévoiler beaucoup plus. Mais sans précaution cette fois. Comme un coureur cycliste qui lâche le guidon en passant la ligne d'arrivée. Je me fous des conséquences. Quelles qu'elles soient, la course a été belle. Et prendre des gants à la fin de l'étape me priverait de l'infini plaisir de laisser une empreinte durable dans vos mémoires.

Cinquante ans de carrière, donc.

Pendant ce demi-siècle, mon chemin de vie dans les projecteurs m'a fait croiser une foule d'ambitieux. Politiques, médiatiques, artistiques, anonymes. Je vais te parler de ceux qui m'ont le plus interpellé. Un peu pour l'anecdote, mais beaucoup plus pour le décryptage. Pour analyser et parfois psychanalyser les tenants et les aboutissants de leur course à la réussite. Pour tenter de mettre au jour les rouages qui les ont menés soit au triomphe, soit à la débâcle.

Une réflexion philosophique sur l'ambition alors ?

Pourquoi pas ?

Ce sera de surcroît l'occasion de t'avouer d'ores et déjà mon envie, presque au bout de mon âge, de modifier légèrement mon statut médiatique le temps de ce livre. Pour obtenir enfin un peu plus de respectabilité. Pas pour être encensé, non. Juste pour être écouté, compris et estimé pour une fois à ma véritable valeur. Mon vrai moi. Celui qui a toujours préféré les étreintes feutrées aux orgies et le silence des introspections nocturnes aux fiestas endiablées.

Ce sera peut-être aussi la possibilité d'obtenir mon visa officiel pour mon accès au paradis des vrais philosophes. Ceux qui ont convaincu le saint vigile à la porte d'entrée que les bons vivants ne font pas forcément des mauvais morts. Et si, au-delà du succès et du confort acquis, c'était ça mon ambition personnelle la plus profonde ? Si mégalomaniaque soit-elle.

Va savoir ?

Voila pour le fond.

Pour la forme, j'ai souhaité ajouter à cet ouvrage une originalité. Ce que j'ai appelé un « entracte littéraire ». Celui qui va séparer les deux temps au cours desquels je vais écrire ce livre. Au moment où je débute mon écriture, nous sommes dans les premiers jours de l'année 2024. Je vais me confier pendant deux mois à l'instant et à l'instinct, sans ratures, comme à mon habitude, jusqu'à l'avant-dernier chapitre. J'attendrai six mois avant de commencer le dernier. Et quoi qu'il se soit passé, je ne changerai pas une virgule à ce que j'aurai déjà écrit.

Quand tu liras quatre-vingt-dix pour cent de ce livre, tu connaîtras des choses que j'ignore au moment où je les écris. J'ai choisi ce jeu de style pour être le plus honnête possible. Pour prouver, entre autres, la volatilité de nos indignations autant que de nos enthousiasmes. Sans doute relèveras-tu des palinodies, des erreurs de jugement, des contresens liés à l'évolution de l'actualité. Mais peut-être aussi des propos visionnaires.

La conclusion du dernier chapitre permettra surtout de mesurer la fragilité de nos certitudes. Et les questions qui vont avec :

Que valent nos vérités quand les événements les bousculent ?

Le meilleur et le pire sont-ils vraiment inéluctables ?

Le bonheur peut-il s'accommoder du temps qui passe ou n'est-il qu'un flash à l'instant T ?

Et, surtout, ce qui est le filigrane de tout le propos de ce livre :

Pourquoi s'acharner à vouloir changer le cours des choses si, comme j'en suis convaincu, tout est préécrit ?

LES PRÉSIDENTS

FRANÇOIS PREMIER,
JACQUES, NICOLAS

L'ambition suprême accomplie.

Le Graal.

Le sacre du printemps.

La victoire du gagnant de l'élection présidentielle. Le grand brasier. Le moment où les urnes incinèrent les promesses de campagne. Et l'annonce du triomphe du plus grand marionnettiste dans le journal du soir. Celui qui va tirer les ficelles de nos vies pendant un quinquennat. Un septennat jusqu'en 2002.

— Il est vingt heures. Gepetto est élu président de la République !

Parmi ceux de la Cinquième République, je n'ai connu personnellement ni de Gaulle, ni Pompidou. Poher non plus, l'intérimaire à la mort de ce dernier. Quant à Giscard, je ne l'ai croisé que trop peu pour te livrer un ressenti représentatif.

En revanche, j'ai eu l'occasion d'être un peu plus proche des cinq suivants. Mitterrand, Chirac, Sarkozy, Hollande, Macron. Très épisodiquement, ou bien plus intimement.

À l'Élysée, chacun d'eux a eu droit à son portrait officiel. Je vais t'en peindre un officieux. Les teintes que mon pinceau va t'offrir sont totalement subjectives et n'engagent que moi. Il y aura du bleu, du blanc et du rouge évidemment. Cocarde oblige.

Pour le premier d'entre eux, je vais utiliser le rose. Pour le symbole de son socialisme. Mais également pour la touche d'érotisme qui va nous mener jusqu'à lui.

C'est parti !

Quelque part en province au début des années 1980.

La carpe et le lapin. Elle, chanteuse engagée. Moi, imitateur sans message. Juste passeur de gaudriole. Elle, torride, sauvage, révoltée. Tout en cris et en ongles pour défigurer la société de consommation. Moi, clown seulement. Lanceur de tarte à l'ice-cream pour rafraîchir les colères bouillantes et la fièvre des frustrations. Chacun ses convictions. Chacun ses remèdes. Pour elle, la révolution. Pour moi, juste du baume sur les plaies des soumis en attendant des jours meilleurs. Opposition de Marx. Karl contre Groucho. Sur le papier aucune chance de fusion. Et pourtant.

Nos masques sont tombés en quelques instants seulement dans un long face-à-face autour de verres de vin. On ne vantera jamais assez les bienfaits de la carafe juste avant l'ivresse. Ce moment suspendu où l'on en dit beaucoup sans en dire trop.

J'ai glissé, faussement humble :

— Je ne suis qu'un amuseur futile et je l'assume.

Elle a répliqué :

— D'accord tu les soulages, mais en même temps tu les endors. Moi je veux les réveiller.

— Désolé, mais je ne crois pas au grand soir.

— Pourquoi ?

— Parce qu'après c'est la nuit.

Elle aurait pu mettre un terme à la conversation. Elle a seulement souri. Toujours ancrée dans ses convictions, mais ouverte à tout. Curieuse de l'autre. Exploratrice. Si loin du tout-venant un tant soit peu intellectuel, accroché comme un morpion à son poil de culture sans daigner se pencher sur l'âme simple. Ma légèreté paillarde, mon énergie festive étaient pour elle une terre inconnue. Une tache dans son univers de chevelus empétardés et de wokistes avant l'heure. Une tache ou une oasis, peut-être.

Pour moi, sa conscience politique me changeait des faciles dont le seul souci métaphysique était l'influence de leur signe astrologique sur leur connexion amoureuse. Une oasis sûrement. Un peu de verdure au milieu des grains de sable amoncelés qui constituaient mon désert affectif de l'époque. Entre l'officielle et les officieuses, leur attachement à moi ne se limitait la plupart du temps qu'à la colle qui scotchait mon affiche de célébrité à la mode.

Une programmation hasardeuse nous avait inscrits dans le même spectacle. Elle chantait juste avant moi. Je doutais qu'elle reste assister à mes pantalonnades.

J'ai dit :

— Bon, ben, à une autre fois ! Je suppose que tu vas filer juste après ton tour de chant ?

— Non. Je vais t'attendre. Tu veux bien me ramener sur Paris ?

J'ai ironisé :

— Dans ma grosse Mercedes de parvenu ?

— Je me fous de la voiture. C'est le pilote qui me plaît.

Et il y a eu un long baiser inattendu. C'est elle qui en a pris l'initiative. C'était chaud. Sucré. Tu sais, comme dans les films à l'eau de rose. Je ne sais même pas si, depuis, j'en ai connu d'autres d'une telle saveur. Il avait surtout le goût de la promesse, ce baiser. Celle d'un after qui s'annonçait brûlant.

Elle était d'une sensualité folle. Son charme animal était décuplé par son intellect aiguisé. C'est une loi de l'érotisme sur laquelle beaucoup se fourvoient encore : la conne, si belle soit-elle, est rarement une très bonne affaire. Le con aussi d'ailleurs. Et comme la stupidité est fluctuante chez chacun de nous selon les circonstances, il a dû m'arriver bien souvent d'être le plus mauvais coup de la vie sexuelle de certaines.

Nous avons roulé dans la nuit vers Paris en continuant nos échanges philosophiques. Elle sur l'urgence à déboulonner la société capitaliste. Moi sur le prétendu mieux qui accouche souvent du pire. Les révolutionnaires réducteurs de têtes finissent toujours par se la couper entre eux.

J'ai dit :

— La gauche qui vient d'arriver au pouvoir doit te ravir. Mais je ne suis pas certain qu'ils puissent faire grand-chose sans la complicité des puissances de l'argent, puisque ce sont elles qui tiennent tout. Tu en penses quoi de Mitterrand ?

Elle a encore souri. Énigmatique.

— On en parlera plus tard. Secret d'État. Remets ta main entre mes cuisses.

On s'est arrêtés sur une aire de repos. En urgence. À vif. Brûlants de toutes parts. Je l'ai prise sur le capot. Sans précipitation. En esthète. Et en jouissant, les yeux plantés dans les étoiles, j'ai eu la sensation d'assouvir une de mes ambitions les plus secrètes. De donner enfin corps à mon fantasme d'adolescent auquel je devais mes plus énergiques masturbations.

Je me suis dit le plus stupidement du monde :

— Rien que pour ça, ça valait bien le voyage !

Ah çà, il était fier de lui, le petit Boutot d'avant le pseudonyme !

Une femme splendide, d'une autre classe que ma roture de provincial, offerte et gémissant de plaisir. Artiste talentueuse de surcroît. Un manteau de fourrure blanche posé en drap de lit sur l'acier d'une voiture de luxe. Une fusion électrique entre deux êtres que tout oppose. Un encastrement simple et torride. Sans aucune variation acrobatique ou imaginative. Celles qui par la suite, à chaque conquête, m'empliront de la fatuité imbécile d'avoir épuisé toutes les astuces du parfait baiseur de fond.

Je vais peut-être te surprendre, mais presque cinquante ans après, j'ai encore en mémoire chaque recoin de sa peau mate. Sa poitrine aux aréoles cuivrées. Le goût de sa sueur épicée. Son buisson noir de jais. Je ne pensais pas que mon plaisir et mon ambition d'adolescent puissent être assouvis d'un cran de plus. Et pourtant.

Je l'ai ramenée Che elle aux premières lueurs de l'aube. Non, je n'ai pas fait de faute. Dans son petit appartement sous les toits, Guevara était omniprésent. La photo traditionnelle, mais aussi des livres, des objets. Je lui ai fait remarquer que le Che avait au moins un point commun avec moi. Lui aussi avait joué au rugby. Eh oui ! Ernesto Guevara de la Serna était un ailier talentueux dans l'équipe de Rosario.

De quoi mettre une entaille de plus au cliché de balourds sans cervelle que trimbalaient les rugbymen de l'époque. Le nom à particule de son gourou, et sa passion pour un sport de rustre, voilà de quoi faire tomber les ultimes barrières entre nos deux mondes.

On refit l'amour. Le même. Passionné. Intense. Et à peine allumée la cigarette d'après, elle me confia son secret d'État. On peut appeler ça comme ça puisqu'il concernait le plus haut personnage de la République. François Mitterrand. En un autre siècle, elle m'aurait avoué être sa favorite. Elle se contenta de me dire qu'elle était sa maîtresse. Enfin, une parmi d'autres. Mais qui, d'après elle, comptait beaucoup plus. Je n'en fus pas plus étonné que ça. Je murmurais :

— Je savais qu'il était cavaleur.

Elle se cabra :

— Ah mais non, c'est pas comme toi. Nous, en ce moment, c'est juste une passade.

Elle ajouta avec une voix de petite fille, à cent lieues de ses soupirs rauques pendant notre accouplement :

— Il m'aime vraiment, lui. Viens ! Je vais te montrer ses lettres.

— Tu les gardes ?

— Ben, oui.

— C'est dangereux. Imagine que quelqu'un malintentionné en connaisse l'existence et veuille les récupérer.

— Jamais je ne les donnerai.

— Ces gens-là, tu sais bien, sont prêts à tout. Même au pire.

— Et alors ? Je préfère mourir pour elles que vivre sans.

En voilà une noble ambition, non ? L'amour absolu.

Elle avait raison. Ces lettres étaient des bijoux d'écriture. Chaque mot était ciselé. Tout ce qu'on a envie de dire à une femme qu'on aime y était. Et, d'un coup, je me suis presque senti intrus dans sa vie. Je le lui ai dit. Elle m'a assuré que non. Que même si notre liaison passagère devait en rester là, elle garderait pour toujours un souvenir merveilleux de cette fusion occasionnelle. Ce fut le cas. Nous ne nous sommes jamais revus.

Bien des années plus tard, j'ai eu le privilège d'avoir un tête-à-tête avec François Mitterrand. C'était à la suite d'un coup d'audace, où, accompagné d'un Laurent Gerra débutant, je m'étais rendu en travesti à l'Élysée. On était déguisés en Michel Blanc et Gérard Depardieu dans *Tenue de soirée.* Une farce de potache. Irrévérencieuse mais bon enfant. Amusé par mon culot, le président avait accepté de me recevoir quelques jours plus tard pour une interview exclusive.

Personne ne l'a su, ni même lui, mais mon émotion dépassait le simple entretien de convenance. En lui serrant la main, les yeux dans les yeux, ce n'était pas seulement le chef d'État que je sondais, mais l'amoureux transi. Lui avait-elle avoué son écart avec moi ? Pourquoi pas ? Je ne le saurai jamais. Un petit échange avec le maître des lieux au moment de nous quitter m'a quand même interpellé.

Ses mots avaient-ils un double sens ?

En me montrant les jardins de l'Élysée, il m'a dit :

— C'est beau. C'est la première fois que vous venez ici ?

— Oui. Et je vous remercie de m'accueillir chez vous.

— Oh, chez moi, c'est un bien grand mot ! Vous savez, que ce soient les lieux ou les êtres, rien ne nous appartient. C'est l'avantage du visiteur que vous êtes sur l'hôte que je suis. Pour vous c'est exceptionnel, pour moi c'est le quotidien. On ne devrait être que de passage, c'est bien plus jouissif, mon cher Patrick, non ?

Cet homme-là, statufié par l'histoire, est allé, je pense, au bout de son ambition. La mienne, comme pourrait trivialement le dire un militaire, se contentera d'avoir servi dans le même corps que lui. N'empêche, avoir partagé la même sueur et la même âme qu'un maître du monde a pleinement satisfait Patrick Boutot. Tu sais l'adolescent boutonneux qui fantasmait sur la coiffeuse de Maman. Comme quoi la réalité peut parfois dépasser nos rêves les plus fous.

J'ai gardé de cet épisode une leçon pour le reste de ma vie. Autant l'appliquer dès le début de la tienne.

Le vrai fondement de toute ambition, c'est de ne jamais hésiter à imaginer l'inimaginable.

L'éventuelle rivalité de corps entre François et moi n'est qu'un détail du prolongement en tête à tête de ma farce élyséenne. Pour le reste, notre rencontre m'a éclairé sur la nature profonde de l'ambition du personnage.

Celui qu'on surnommait « le Sphinx » était plus qu'en phase avec cet avatar. Énigmatique. Puissant. Fondu dans une aura XXL. Comme si la légende qu'il souhaitait être à titre posthume avait déjà pris le contrôle du simple mortel. D'ailleurs, il existe autour de cette ambition présumée des synchronicités révélatrices.

Une précision.

Tout au long de ce livre, je te parlerai beaucoup de synchronicités. Ces croisements de dates, d'événements classés au rayon des coïncidences. Pour moi, ce ne sont pas que des correspondances sans fondement. Elles échappent au réel, mais leur influence sur notre chemin de vie est peut-être bien plus importante qu'il n'y paraît. Elles peuvent donc favoriser ou altérer nos ambitions. Selon l'interprétation qu'on en fait. Certains les estiment capitales, d'autres farfelues. Je te laisserai en juger en toute objectivité.

En ce qui concerne Mitterrand, les synchronicités les plus remarquables sont des « indices napoléoniens ».

D'abord le Sphinx, son surnom, et la pyramide du Louvre qu'il a initiée renvoient à la campagne d'Égypte de Bonaparte. L'origine martiniquaise de la Joséphine si chère à l'Empereur est un détail amusant. La commune où elle est née s'appelle Le François. Mais, surtout, il existe une étrange similitude entre les traits du visage de Mitterrand et le masque mortuaire de Napoléon. N'hésite pas à le vérifier. Si tu consultes la photo, tu verras que la ressemblance est étonnante.

J'ai moi-même ajouté à tout ça une synchronicité supplémentaire. Il y a eu cent jours entre le retour de Napoléon de l'île d'Elbe et sa seconde abdication. J'ai eu la curiosité d'ajouter ces cent jours à la date de l'élection de Mitterrand, le 10 mai 1981. J'ai parcouru le calendrier et je suis tombé sur… la Sainte-Hélène !

Farfelu peut-être, mais avoue qu'à minima, c'est troublant.

Au-delà de ces observations ludiques, si on fouille dans les abysses de l'inconscient, on peut interpréter ces signes comme un désir impérial enfoui du personnage. Une soif de pouvoir absolu dictée par un orgueil très éloigné de la doctrine socialiste. Bienveillant et humaniste en surface. Monarque absolu au plus profond de lui. Presque pharaon. « Tontonkhamon », quoi ! Avec la distanciation qui va avec. Pas très éloignée de la fatuité.

D'ailleurs, ce ressenti que j'ai eu de lui s'est confirmé tout au long de la visite de l'Élysée à laquelle il m'a convié ce jour-là. Le pas lent, solennel. Avec des précisions de guide de musée. Il m'a professé l'historique des lieux qui s'est achevé logiquement par sa main tendue désignant un jardin :

— Vous voyez, c'est ici que Napoléon a fait ses adieux à la capitale.

Tiens, encore lui !

Le dernier commentaire qu'il m'a fait pour clore la visite est lui aussi révélateur. Outre de confirmer la distanciation, te le rapporter va me permettre de faire le lien avec le président suivant. Il connaissait mon amitié pour Chirac. Il présageait que c'était sans doute celui qui avait le plus de chances d'occuper les lieux après lui.

Ça a été l'occasion de m'imager le monde qui les séparait. Il y avait de l'humour dans la repartie qu'il m'a faite. Un léger mépris, aussi, qui ne m'a pas échappé. Il savait bien que Jacques le Corrézien était plus porté sur la charcutaille et la Corona que sur les petits fours et l'Earl Grey. Une préférence gastronomique qui l'éloignait clairement de son concurrent.

Les empereurs ne fricotent pas avec les gueux !

En passant devant la porte entrouverte d'une pièce décorée avec un luxe élégant mais vieillot, il m'a glissé :

— Vous voyez, ici c'est un salon de thé depuis des lustres. Il serait dommage que mon successeur en fasse une brasserie !

Le « brasseur » lui succédera le 17 mai 1995.

Ses amis l'appelaient « le Grand ».

Sa fille : « Chirac », jamais papa.

Le lot des enfants de monument. À jamais ombre de statue. Claude, c'était son repère, au « Grand ». Sa refille. L'enfant sémaphore. Le bébé lumière devenu phare pour le prévenir en arrière-plan de chaque danger. Les enfants d'ambitieux se noient souvent à vouloir nager à contre-courant du torrent paternel ou maternel. Celle-là a surnagé. Mieux, elle lui a servi souvent de pagaie, de radeau à chaque remous. Elle est mon amie. J'ai de la considération pour ce qu'elle est et pour ce qu'il n'aurait pas été sans elle.

Hiver 2003.

« Le Grand » m'accueille à bras ouverts dans le bureau présidentiel, au 55 de la rue du Faubourg-Saint-Honoré. À bras ouverts, vraiment. Les larges paluches en bout d'ailes d'albatros. Il m'étreint et m'entraîne presque de force vers la baie qui surplombe les jardins.

— Allez, on se fait une photo !

Jovial, gai, ordinaire. Normal quoi ! Sans s'en être vanté en tête de gondole électorale comme le fera plus tard Hollande.

Un détail au passage, pile dans le cœur du sujet de ce livre. La posture de mes hôtes chaque fois que j'ai eu le privilège d'être reçu au « Château ». La façon dont ils s'asseyaient pour l'entretien m'en a dit bien plus que des mots sur la nature profonde de leur rapport à la fonction. Chaque fois, le filigrane de cette pose m'a dévoilé un peu plus de leur personnalité. Et par là même un peu de leur réelle ambition.

Chirac s'asseyait sur une chaise, penché vers moi, coudes en avant solidement appuyés sur les cuisses. Aurait-il utilisé cette chaise à califourchon que je n'en aurais pas été surpris. À la cavalier. Raccord avec la boutade célèbre qu'il lançait en levant son verre de bière :

À nos femmes, à nos chevaux et à ceux qui les montent !

L'horrible saillie qui le vouerait aujourd'hui aux gémonies. Au tribunal médiatique. À la horde des inclusifs et des hyènes des réseaux sociaux. Comme pour quatre-vingts pour cent de la personnalité de l'homme qu'il était, d'ailleurs. Hâbleur, paillard, tactile, buveur, bouffeur, baiseur, infidèle et machiste.

Quel chemin de croix, pour Bernadette, son épouse !

J'ai vu récemment à la télé un documentaire qui la sanctifiait. En portant aux nues l'épouse docile, soumise à l'insupportable diktat d'un mari qui la délaissait. Et même l'humiliait parfois. Qui la cantonnait à un statut de potiche. Qui lui niait toute utilité, si ce n'était d'être mère de ses enfants et de se tenir à ses côtés juste pour la photo. Bernie, dite « la Tortue ». Animal de compagnie.

Je suis un peu plus nuancé sur ce portrait à décharge de Mme Chirac.

Rien à dire sur l'infidélité et le machisme coupables du « Grand ». C'est incontestable. Sans doute, la faute aux relents ataviques des conventions d'une autre époque. La domination primaire des paysans rustres de la Corrèze profonde. Mais sur l'innocence sans tache de Mme Chirac, née Mlle Chodron de Courcelles, j'émets quelques réserves. Non pour excuser son mari de ses incivilités. Mais plutôt pour désacraliser gentiment le portrait immaculé de sainte Bernadette.

Je précise qu'à titre personnel, je n'ai rien contre elle. Elle a toujours été charmante avec moi. Irréprochable.

Mais ce n'était pas toujours le cas avec d'autres. En particulier le petit personnel. Cassante, autoritaire. Elle a pris possession de l'Élysée comme d'un royaume sur lequel elle imposait ses quatre volontés en matrone. D'ailleurs, au moment de le quitter, elle en était bien plus déchirée que lui.

Une petite anecdote pour illustrer. Bernadette a été marraine du *Plus Grand Cabaret du monde* un 31 décembre. Un rêve pour moi. Pas loin du cauchemar pour ses accompagnants. Chipoteuse, intraitable, limite méprisante. Chiante, quoi ! Ce n'est pas moi qui le dis, ce sont les plus proches de ses gardes du corps.

L'un d'eux s'est fait rabrouer vertement trois fois pour une bouteille de Perrier. Trop tiède, trop froide, ou insuffisamment pétillante. En allant chercher la quatrième, il est passé devant moi les dents serrées, et a murmuré :

— Putain ! Je crois que sa bouteille de Perrier, je vais finir par la lui mettre dans le…

Par décence et pour atténuer l'outrage, je ne t'ai pas écrit le dernier mot de sa menace. Mais je pense que tu en as saisi le sens. Ce n'est qu'un exemple qui ne remet pas en doute toutes les qualités de la dame. Un défaut dans un diamant en altère un peu la valeur mais pas forcément l'éclat. Je ne condamne pas, j'illustre !

Bernadette a toujours été tenue à l'écart des décisions politiques du « Grand ». Bien loin de la complicité et de l'influence d'une Brigitte Macron aujourd'hui. En revanche, son hérédité aristocratique ne se serait en aucun cas contentée d'une vie sans faste, sans dorures et sans privilège. Première dame de France était pour elle, sans doute, le nec plus ultra.

Alors plusieurs questions se posent. Elles n'absolvent pas les inconduites de son mari. Mais elles atténuent peut-être la servitude prétendue carcérale de sa femme.

N'était-elle pas bien plus dominante qu'elle l'a laissé croire ?

N'a-t-elle été une épouse soumise qu'en échange d'un train de vie, entre luxe et pouvoir, que peu d'hommes auraient pu lui offrir ?

Et surtout, pour revenir au cœur du sujet de ce livre, au regard des privilèges qu'elle estimait dus à son rang, lequel des deux a plus contribué à l'ambition de l'autre ?

Je n'ai pas les réponses à ces questions-là. En revanche, pour avoir été témoin de leurs relations, j'ai la réponse à une question essentielle :

— Se sont-ils vraiment aimés ?

Ma réponse est sans conteste :

— Oui.

Et autant l'un que l'autre. Lui, malgré ses embardées, et elle malgré les blessures d'orgueil. Ils se sont aimés intensément. Pendant de longues années de fusion qui échappent aux règles de l'harmonie idyllique, mais qui ont scellé ces deux-là *ad vitam aeternam.*

Les façades lézardées cachent parfois des intérieurs somptueux.

Le documentaire de la télé ainsi que le film *Bernadette* ont montré une sainte et un monstre, limite benêt. La sainte ne l'était pas tout à fait. Et le monstre n'était pas aussi haïssable qu'on a voulu le montrer. En même temps, ce portrait était une obligation du service public. La convenance imposée. Un procès de l'air du temps en démasculinisation. Voire, en enlevant quelques lettres à ce mot, en émasculation.

Ce sont les nouvelles vérités de la caste lisse qu'il est hors de question de remettre en question. Pour ces porteurs de la nouvelle morale, la virilité doit se débarrasser de tous ses fardeaux. La gauloiserie, la force, l'inconstance, la domination, entre autres. Toutes ces déviances qu'on fait peser, à titre posthume, sur les épaules du « Grand ».

Et pourtant, pendant douze ans, ce « Grand », qu'il est de bon ton de rétrécir aujourd'hui, a été président de la République. D'une autre République. D'un pays d'avant les réseaux sociaux où l'outrance verbale choquait rarement au-delà du cercle privé.

Alors, soit !

C'est le nouvel air du temps. Purifié. Les assainisseurs ont sorti le Kärcher. Nettoyez-moi tout ça ! Bains de bouche pour éliminer tout mot infecté. Ventoline pour les asthmatiques du verbe gras. Lingette aseptisée pour geste incongru. À quand la trépanation obligatoire pour éradiquer toute pensée qui ne serait pas dans la norme ?

Ne te méprends pas. Je ne jette pas un opprobre systématique sur les défenseurs du nouvel ordre moral. Certains excès méritent vraiment ce combat aseptisant. Mais putain de bordel de merde qu'est-ce que cette dictature de l'exemplaire me casse les couilles !

Voilà, c'est dit !

Avec plein de gros mots dont pas un encore n'a été rayé du dictionnaire. Des exclamations de charretier que « le Grand » ne se gênait pas pour employer. Je te rassure, j'ai entendu Macron balancer les mêmes, mais ça ne se sait pas.

Petite parenthèse à propos de la grossièreté.

Un homme apostrophe un candidat à une élection :

— J'en ai plein le cul de la vie de merde que vous nous imposez ! J'arrive tout juste à faire bouffer mes mômes, et ma femme se chie dessus chaque fois qu'elle sort le soir de peur de se faire démonter par un OQTF que vous n'avez pas les couilles de renvoyer chez lui à grands coups de pompes dans le cul. Si vous voulez être élu, c'est juste pour votre gueule. Alors, allez vous faire foutre, vous et vos promesses à la con !

Le candidat répond :

— Mon cher ami, je comprends votre dépit. Mais ne vous méprenez pas. Je vous assure qu'en aucun cas je ne souhaite être élu pour mon ambition personnelle. Non, ma seule mission, mon sacerdoce désintéressé, est de tout faire pour améliorer votre bien-être. Et si vous votez pour moi je vous jure bien que je mettrai tout en œuvre pour y arriver. Dussé-je y laisser mon siège et renoncer à tous les privilèges de ma fonction.

Pour moi, le plus vulgaire des deux n'est pas celui qui dit des gros mots.

Fin de la parenthèse.

Il est donc arrivé au « Grand » d'employer un langage trivial, et d'user de comportements équivoques plus souvent qu'à son tour. Il n'en reste pas moins qu'aujourd'hui, longtemps après sa mort, ce Chirac sans filtre reste l'homme politique préféré des Français. Et je suis convaincu que sa personnalité simple et roublarde y est pour bien plus que son action politique discutable. Peut-être parce que, de tous les présidents de la Cinquième République, c'était celui qui ressemblait le plus à son peuple.

Le problème, c'est qu'aujourd'hui, malgré les oukases des donneurs de leçons, la majorité de ce peuple lui ressemble encore. Et c'est pour cela que le fossé grandit entre ceux qui décident et ceux qui subissent. Et nous allons tout droit vers une prise de pouvoir de l'extrême droite que « le Grand » haïssait.

Les politiques, les médias, les leaders des nouveaux courants de bienséance tendent au peuple un miroir dans lequel il ne se reconnaît plus. Comment veux-tu qu'il s'y trouve beau ?

Un soir, « le Grand » m'a confié au hasard d'une conversation intime :

— Je suis comme eux, c'est pour ça qu'ils m'aiment. Ceux qui ne m'aiment pas sont aussi comme moi bien souvent, mais ils ne l'avoueront jamais.

Ce jour d'hiver 2003, après quelques amabilités partagées, et quelques-unes de nos plaisanteries d'usage, son visage d'un coup s'est fermé. Le corps s'est raidi, comme si un autre « lui » s'était soudain glissé dans tout son être.

Il a suffi d'une question de ma part :

— Et l'Irak ?

Il aurait pu tergiverser. Refuser à moi, le clown, toute légitimité à poser ce genre de question. Peu d'intimes connaissaient déjà sa décision. Il m'a répondu sans une seconde d'hésitation.

— On n'ira pas. Ce serait une faute grossière et indigne de nous. Tu sais, Patrick, la France a toujours été une lumière dans le monde et je ferai tout pour qu'elle le reste. Quitte à se fâcher avec les plus puissants.

Un silence grave, et il a ajouté :

— Quand on est président, il faut choisir sans cesse entre la raison d'État et sa conscience. J'ai choisi ma conscience. Mais la raison d'État y gagnera aussi. Parce que je suis convaincu que cette guerre sous un faux prétexte va déclencher un terrorisme bien plus dangereux pour toutes les démocraties.

Visionnaire.

J'avais en face de moi un Chirac qui, en quelques secondes, avait changé du tout au tout. Responsable. Profond. Réfléchi. Cette faculté à passer en un clin d'œil de la gaudriole au grave m'a toujours fasciné chez cet homme. On avait glissé en un quart de seconde d'un avis égrillard sur le physique d'une bimbo à la mode à une prise de position planétaire et historique.

Sur ce sujet-là, il aurait pu privilégier la mesure, le calcul diplomatique. Utiliser le « en même temps » si utile par les temps qui courent. Non. Il a défié à la hussarde. Comme souvent.

Comme quand il éliminait de son chemin ses adversaires politiques sans aucun état d'âme. Comme quand il cabriolait ses conquêtes en trois minutes douche comprise. Comme quand il balançait des gauloiseries à la cantonade. Qu'il dévorait d'une bouchée. Qu'il buvait sa bière d'un trait. Une sorte de Depardieu, alors ? Presque, mais sans les extrêmes outrances. Un ogre mesuré. Grivois certes, mais sans gestes déplacés ni propos indéfendables.

Le soir de l'anniversaire de ses soixante-dix ans, au milieu de l'aréopage de célébrités amies dont je faisais partie, Depardieu était là. Rostropovitch aussi. Le parfait résumé de ce que je pense que « le Grand » était au plus profond de lui : un ogre avec une âme de violoncelle. C'est peut-être pour cela que, ce jour d'hiver 2003, il était assis ainsi sur sa chaise face à moi. Hussard aux dents d'ogre. Penché en avant. Ses jambes de cavalier écartées comme pour enserrer l'instrument délicat qui lui tenait lieu d'âme invisible.

Je n'ai pas rencontré que Depardieu à l'Élysée. J'ai croisé aussi de Funès. Je veux dire Sarkozy. Tu lui enlèves les cheveux, c'est tout lui ! Pour les tics et l'éthique. Les agitations, les provocations et le comportement. Même les répliques de film collent.

Dans *La Folie des grandeurs* :

— Les riches, c'est fait pour être très riches et les pauvres pour être très pauvres !

Encore dans *La Folie des grandeurs*, cet indicible orgueil au service duquel les plus sirupeux de son entourage étaient tenus de se soumettre sous peine de disgrâce :

— Flattez-moi, mon bon Blaze !

Le double discours de Stanislas, le chef d'orchestre de *La Grande Vadrouille.*

— C'était très bien... c'était très bien... Vous c'était bien... vous c'était... en fait c'était pas mauvais, c'était très mauvais.

Traduisez :

J'encense le Français moyen, mais je n'en pense pas moins. Moyen, ça dit bien ce que ça veut dire.

Dans *Le Corniaud*, avec un Bourvil de gauche qui aurait évoqué la France après son élection :

— Forcément, elle va marcher beaucoup moins bien maintenant !

Rabbi Jacob devenu Imam Youssouf :

— Comment ça, Mohamed, vous êtes musulman ? Mohamed est musulman ! Ça fait rien, je vous garde quand même !

Je pousse la caricature à l'extrême, bien sûr. Mais la scène de la vraie vie en banlieue où il se fait apostropher du haut d'un immeuble par une racaille, ça aurait pu être du Gérard Oury.

— Vas-y, descends ! Viens me le dire ici !

Ben voyons ! Avec vingt-cinq gardes du corps autour de lui. J'aurais bien vu une réplique de plus pour Sarko Fufu.

— Vous avez vu ? Il n'a pas voulu descendre. Eh bien, c'est ça la racaille ! Des lâches !

Caricature encore.

J'ai eu l'occasion d'être témoin d'un coup de téléphone à sa Carla adorée. Précautionneux comme un ado énamouré. Presque émouvant. C'était Cruchot, le gendarme amoureux :

— Hummmm… Oh ma biche !… Ma biche !

J'en rajoute pour le plaisir d'humour mais, sans juger son action politique, on ne peut être qu'ironique avec la posture de cet homme. Clairement malin, roué, mielleux avec les forts, bien plus autoritaire avec les faibles. Avec cette façon péremptoire d'annoncer « j'vais vous dire » avant de dire. Comme pour se dédouaner d'avance d'une contrevérité. Caricatural donc. Une aubaine pour les observateurs caustiques. Les imitateurs ne le remercieront jamais assez.

Si tu fais partie de ses aficionados, tu dois me trouver bien sévère avec lui.

Ai-je un compte à régler ?

Non. Mais lui en avait un avec moi.

À cause de mon soutien sans faille à Chirac au moment de la lutte contre Balladur, dont il avait pris les patins en trahissant tout ce qu'il devait au « Grand ». Une rancune tenace envers moi que m'ont confirmée certains de ses intimes. Il faudrait tout un livre pour entrer dans les détails, mais je peux t'affirmer que, par l'intermédiaire de ses amis fidèles, il m'a fait payer très cher mon allégeance.

Pourtant, les très peu de fois où l'on s'est rencontrés, il a été d'une gentillesse sans faille. Souriant, aimable, bienveillant. Je lui rendais d'ailleurs cette amabilité bourrée d'arrière-pensées. Je savais qu'en coulisses il avait demandé ma tête à Patrick de Carolis, le président de France Télévisions de l'époque. Sur ce coup, on était deux Funès !

Pour revenir au cœur du sujet de ce livre, ce n'est pas très compliqué d'analyser l'ambition du personnage.

Sa manière de s'asseoir dans le canapé, quand je lui ai rendu visite à l'Élysée, a été sans doute la plus simple que j'aie eu à décrypter. Les jambes croisées large, les bras écartés sur le dossier, le sourire vainqueur. Exactement la position du dragueur de discothèque sur la banquette qui trahissait le plus profond de sa nature : le besoin immarcescible de séduire. Élégant. Parfumé. Après lui avoir serré la main, la fragrance m'est restée incrustée dans la paume toute la journée.

Et puis, il y avait aussi cette façon en filigrane de défier tout interlocuteur au-dessus d'un mètre quatre-vingts. Du style roquet de banlieue chic :

— Qu'est-ce t'as toi ? Qu'est-ce t'as ? Tu crois que tu m'fais peur ?

Certainement la réminiscence de quelques humiliations de grands dans la cour de l'école. Synchronicité amusante : Villepin, son pire ennemi, outre d'être de haute taille comme moi, est mon jumeau astral (né le 14 novembre 1953).

Pour moi, c'est clair : toute l'ambition de Nicolas est dans la revanche.

Ce moteur surpuissant qui, allié à une volonté de fer, l'a conduit au plus haut sommet de l'État. Sans mettre une seule seconde en doute son amour pour Carla, ce choix-là participe aussi de cette revanche. Après la trahison de Cécilia étalée à la une, il ne pouvait que rebondir dans l'excellence. Carla a tout. La beauté du corps et celle de l'esprit. Au-delà du coup de foudre mutuel indiscutable, son aura était indispensable pour lui afin d'effacer l'affront public.

Et c'est là où mon approche du personnage est plus nuancée. Je ne peux qu'être solidaire de son déchirement. Le jour où, enfin arrivé au sommet pour lequel il s'était battu toute sa vie, il a pris de plein fouet la claque de la rupture avec Cécilia. Celle qui avait escaladé la montagne avec lui et qu'il aimait plus que tout.

Comme m'a confié une de ses amies :

— Le feu d'artifice est devenu pétard mouillé. J'ai rarement vu un homme souffrir dans de telles proportions. Le must de la douleur irréelle. L'extase ultime souillée par le pire des chagrins.

C'est pour cela que j'aurais toujours une certaine sympathie mêlée de compassion pour cet homme. Solidarité de grands blessés. Et ce au-delà de son action politique où se sont côtoyés le meilleur et le pire. (Comme c'est d'ailleurs le cas pour chaque président. Cela va avec la fonction.) Au-delà de ses impunités de justiciable. Au-delà surtout d'une évidente inimitié pour moi au regard entre autres de ma fidélité chiraquienne. Au-delà de l'insignifiance que je pense représenter pour lui.

Je pourrais lire dans ses pensées :

— Même au-dessus d'un mètre quatre-vingts, un saltimbanque qui fait tourner des serviettes ne peut pas arriver à la cheville du plus grand serviteur de l'État.

Un ami sarcastique qui lit par-dessus mon épaule persifle :

— Si c'est pour arriver à la même cheville avec un bracelet électronique, pas de quoi en faire des complexes d'infériorité, mon Patoche !

J'ajouterai juste une dernière observation personnelle qui va sans doute te paraître dérisoire, voire simpliste. Cela concerne son nom et son prénom : Nicolas Sarkozy. Dans le prénom, les sonorités des voyelles I, O, A sont dans cet ordre-là. Et dans son nom, les mêmes sons A, O, I dans l'ordre inverse. Une synchronicité très rare. Quasi unique. En extrapolant, on peut éventuellement y trouver une signification cachée.

Est-ce que le grand Sarkozy n'est pas l'envers du petit Nicolas ? Est-ce que la posture que tant ont décriée n'est pas le contraire de sa nature profonde ?

J'ai exposé ma théorie à un de ses proches :

— Est-ce que le fort en gueule, l'arrogant, le calculateur ne sont pas des masques qui ont occulté un être foncièrement généreux et réellement bienveillant, mais que son ambition politique a obligé à se comporter à l'envers de lui-même ?

Il m'a répondu :

— C'est probable. Lui seul le sait. Et certainement Carla aussi. C'est pour cela qu'elle l'aime vraiment.

Et il a ajouté :

— Cet amour-là est indestructible. Mais dans la droite ligne de la revanche qu'il a chevillée au corps, je le vois bien tenter de reconquérir un bout du cœur de Cécilia. Pas pour le moindre rapport. Non, juste pour la satisfaction de la gagne.

Comme le gamin de la cour d'école bousculé par les grands que personne ne vient défendre et qui leur lancerait entre deux humiliations :

— Un jour, la police, ce sera moi !

Dont acte.

Il a été ministre de l'Intérieur en marchepied de la fonction suprême. Un Kärcher au ventre pour nettoyer les railleries de préau, et les injustices de la raison du plus fort. Comme quoi, ça peut avoir du bon de se faire voler ses billes à la récré ! Si on sait en faire bon usage, les blessures d'enfance deviennent nos plus belles armes à l'âge adulte.

Une moralité qui pourra être très utile à ton ambition :

C'est petit à petit qu'on devient grand.

FRANÇOIS II, EMMANUEL

J'ai aussi rencontré Pierre Richard et Jacques Villeret à l'Élysée.

En un seul : François Hollande. Et ce n'est même pas péjoratif. Pierre et Jacques sont des immenses du cinéma. Mais c'est vrai qu'en mixant les deux on s'approche assez de « François la Poisse ».

L'orage sur son avion le jour de l'élection, la flotte, les gaffes, le scooter, la normalité, le look hasardeux, ça réunit *La Chèvre* et *Le Dîner de cons*. Et pourtant, je pense sincèrement qu'il a été le plus intelligent de tous. Avec cette faculté qu'ont les énarques de très haut vol de planer au-dessus des nuages. Bien trop éloignés des réalités du sol. Le cerveau flottant dans un idéal de société trop grand pour eux. Comme une taille de pied 39 dans des chaussures en 45.

Comme disait mon pote Coluche :

— Ces mecs-là, tu leur donnes le Sahara. Une semaine après, il faut acheter du sable ailleurs !

Un soir de match à Brive, quelques années avant l'élection de Hollande à la présidence, j'ai confié à ma femme, Nana :

— Dans les tribunes, et après, à la réception, j'ai parlé avec lui. Tu verras que ce mec sera président de la République un jour.

— C'est ça ! Et moi reine d'Angleterre !

Pour elle, c'était comme parier sur le 15 dans une course de chevaux où il n'y aurait que 14 partants. Pour moi, c'était très jouable. L'homme était brillant et profondément sincère dans son désir d'améliorer la vie de ses semblables. L'idéalisme et l'intelligence habilement mêlés sont des armes redoutables pour conquérir le pouvoir.

Ce fut la recette imparable pour lui. Une bonne dose d'ordinaire pour rompre avec le bling-bling du précédent. Ajoute une pincée de démagogie financière à la Robin des bois. Saupoudre avec l'anaphore « Moi président » et l'affaire est faite. Et le 6 mai 2012, François II devint chef quatre étoiles au *Guide Mi-chemin.* À égale distance entre la réalité et l'illusion.

Il est là le talon d'Achille de toute ambition présidentielle. C'est le meilleur magicien qui gagne. Mais une fois la fonction acquise, les « abracadabra » ne suffisent plus. Ce fut encore plus flagrant avec les trucs de Magic François : sus aux riches, la normalité et surtout l'intégrité.

Là-dessus je n'ai aucun doute, l'homme est honnête. Malheureusement, cette droiture est le handicap majeur en politique de haute tenue. L'exemplarité ne peut être que de façade. On n'arrive à rien sans compromission. En fait, son règne a été à l'image de son look. Mal fagoté, la cravate de travers. Le costume était trop juste pour lui.

La conviction était bien là, mais la réalité était tailleur !

Mai 2015.

Ma première visite au nouveau locataire de l'Élysée. J'attends dans l'antichambre du bureau présidentiel. Je connais le cerbère de service. Il m'ouvrait les portes à chacune de mes visites au « Grand ».

On papote en complices. Je lui demande :

— Alors ? Il est comment, le normal ?

— Très très normal. La première fois que Chirac a ouvert la porte du bureau présidentiel, il a pété la poignée et il est entré au pas de course. Là, c'est carrément le contraire.

— C'est-à-dire ?

— Il a entrouvert timidement, en jetant d'abord un œil. Comme pour voir s'il y avait encore quelqu'un.

Ça résume tout. En termes cinématographiques, on peut dire qu'il a plus que brillamment passé les essais, mais que ça reste une erreur de casting. Je demeure cependant persuadé que cet homme était une vraie chance pour le pays. Son intégrité et sa lucidité sont rares. Mais, dans ce genre de fonction, rien n'est plus dommageable que le naturel prenant le pas sur le calcul.

François Hollande, c'était ET. Un terrestre extra mais qui n'était pas fait pour cette planète-là.

Quant à la posture en face de moi lors du premier entretien à l'Élysée, elle est encore plus parlante. À mille lieues de celle de Sarkozy et même de Macron plus tard, bien centrés sur le canapé, il était dans un coin collé à l'accoudoir. Les jambes serrées comme une fille qui ne veut pas qu'on voie sous sa jupe.

Au point de me demander qui de nous deux était le visiteur. Game of trône. Le roi sans couronne. Ceci dit, pour moi, l'humaniste, une vraie satisfaction. Un ambitieux sans faste, sans artifice. Un idéaliste en phase avec ses désirs d'égalité sociale. Mais hélas ! Il faut être un lion pour régner sur la jungle du pouvoir suprême. Tu ne chopes aucune antilope avec les griffes émoussées !

Je parle de politique seulement. Parce que question vie privée, ça été le king de la chasse à la gazelle, Fanfan la turlute ! Et on en revient à l'ambition pure de tout un chacun : plaire, séduire. Dans ce domaine, on peut dire qu'il aura réussi son coup, le père François. Président des Don Juan improbables. Un espoir pour tous. La « sexégalité ». Malgré la carence d'attrait physique, un palmarès de tombeur de haute volée. Voilà au moins une mission présidentielle qu'il aura amplement réussie. Susciter l'espoir chez le plus désavantagé de ses citoyens.

Les bistrots de chez moi grouillaient de commentaires interrogatifs :

— Putain, mais comment il fait ? Il a des lunettes de bigleux, la toiture qui perd ses tuiles, des abdos de bonhomme Michelin et il emballe ce qu'il veut. C'est quoi son truc ?

Je répondais :

— Tout ce qui ne se voit pas à l'œil nu, mon gars ! L'intelligence, l'humour, la culture. Et, va savoir ? Peut-être des capacités purement sexuelles qui sortent de l'ordinaire.

Et le sage de comptoir syndicaliste a eu le mot de la fin :

— Une teube de vainqueur ? Ça, ça m'étonnerait pas ! Parce que question politique, il nous l'a mis bien profond !

Vox populi. Tout est dit. Avec une moralité qui tombe sous le sens : ce ne sont pas les meilleurs candidats qui font les meilleurs présidents. Mais même si c'est lui qui a installé à la tête de France Télévisions Delphine Ernotte, mon inique fossoyeuse, je lui garde une certaine amitié.

La sienne sera peut-être écornée par certaines saillies dans les lignes que je viens d'écrire. Peu importe. L'homme est assez humble et intelligent pour reconnaître ses torts et mes raisons. Je vais même t'en offrir une petite dernière pour la route. Histoire d'être raccord avec l'actualité du moment où j'écris.

Fort de Brégançon. Été 2012.

Ma femme Nana et moi avions été invités en toute amitié par le couple Hollande-Trierweiler. (Madame ne manquera évidemment pas de nous remercier pour ce moment.) Avec raison. Le repas fut aussi agréable que l'endroit ne l'est pas vraiment. Cette grande bâtisse austère ressemble plus à un monastère qu'à un hôtel cinq étoiles. Graphiquement, presque un Pollock. À l'époque sans piscine et sans clim pour cause de protection du patrimoine.

Tu parles d'une prime à l'ambition !

Nana m'a glissé :

— C'est pas une récompense, c'est une punition.

OK pour le privilège du lieu de légende de la République. Le personnel de maison aux petits soins. La vue imprenable. Mais je sentais que notre bon François le normal aurait largement préféré une bonne petite gargote bien de chez nous avec musique populaire, cuisine de tradition et franche rigolade. D'ailleurs, juste avant la fin du repas, il m'a proposé une escapade que j'ai acceptée avec plaisir.

— Viens, on descend aux cuisines. Y a un match à la télé. On va se le faire avec eux.

Eux, c'était les petites mains. Cuisiniers, plongeurs, serveurs. Là, je l'ai vu vraiment dans son élément. Convivial. Encourageant, applaudissant au milieu de gens simples tout heureux de ce partage.

L'un d'eux m'a confié en douce :

— Il est vraiment sympa. Simple. Gentil, drôle. Bien plus abordable que le précédent. C'est presque dommage qu'il soit président. Il faut qu'il se retienne et nous aussi. Mais ça ferait un super pote !

C'était vraiment une belle soirée d'amitié et de déconne mesurée. On a fait une photo où je l'imitais en prenant sa tête. Une autre en Strauss-Kahn, pendant laquelle je n'ai pas pu évidemment me retenir de lui glisser à l'oreille :

— Si j'avais pas niqué Nafissatou, je serais à ta place !

Du bien franchouillard. Et puis du sérieux aussi. Comme avec Chirac, l'un n'empêche pas l'autre. On a disserté sur le possible et l'insoluble. La violence, les quartiers, la religion. Les salopards. Des « salopards », c'est exactement le mot qu'il emploiera trois ans plus tard en m'envoyant un message en route pour le Bataclan, la nuit sanglante du 13 novembre. Sur la gestion de ce cauchemar, il sera parfait. Je me demande même si un autre aurait aussi bien géré cette horreur.

À Brégançon, en cette belle nuit d'été 2012, il n'était président que depuis quelques mois mais au détour de chaque mot je sentais le poids de la tâche. Comme si, après avoir escaladé la montagne, il était pris d'un vertige devant l'immensité des promesses à tenir. Au bout de la conversation, son visage s'est étrangement crispé pour s'éclairer presque aussitôt au détour d'une citation de Sénèque :

Ce n'est pas parce que les choses sont difficiles que nous n'osons pas. C'est parce que nous n'osons pas qu'elles sont difficiles.

Alors, on a encore plaisanté, ri, et on s'est quittés après une ultime photo de groupe. En remontant dans la voiture, j'ai posé à Nana la question qui me brûlait les lèvres. Je dois t'avouer qu'elle n'avait pas été très emballée par la perspective du repas. Même en connaissant ma sympathie pour lui, elle avait de gros doutes sur ses qualités. Elle aurait préféré Strauss-Kahn comme président.

— Alors, tu l'as trouvé comment ?

— Franchement je suis bluffée. Il est drôle, intelligent, brillant, passionnant. Je ne m'attendais vraiment pas à ça.

— Tu vois, je te l'avais dit. Ça vaut bien Dominique… en moins coquin.

Elle a éclaté de rire :

— Un peu quand même. Pendant la photo, il a quand même glissé sa main sur ma cuisse !

Quoi !!! Une agression sexuelle !

Vite publions une tribune ! Signons des pétitions contre le monstre ! Mais non, bien sûr. Il n'y avait rien de libidineux. Pas plus que ma main à moi sur le dos de Valérie. De la chaleur humaine seulement, sans arrière-pensées de quelque nature que ce soit. Une posture d'amis, juste d'amis, comme il nous arrive d'en avoir tant, nous les tactiles.

Alors forcément, si je t'ai raconté ça, c'est pour rebondir sur l'actualité. Au moment exact où j'écris, en janvier 2024, on est submergés par l'« affaire Depardieu ». T'en parler n'est pas hors sujet. Bien au contraire. Parce qu'elle se situe des deux côtés de l'ambition. De l'un, les excès qu'engendre la célébrité acquise, hélas ! De l'autre, la horde qui se jette sur l'os à ronger pour assouvir l'ambition d'une bonne conscience publique.

Cette affaire me navre à plusieurs titres.

J'exècre les impunités pour toute agression avérée, quel que soit le statut de celui qui en est coupable. J'exècre aussi les indignations de groupe. Et plus encore, j'exècre les tribunaux médiatiques. Dans ces affaires-là, je serai toujours du côté des victimes. Autant celles qui subissent des actes ou des propos indignes que ceux que la vindicte crucifie sans condamnation de justice.

Depardieu est gaulois, grossier, outrancier certes. Et son statut d'icône ne le dédouane de rien. Qu'il soit honni pour ça, c'est de l'ordre de la conscience de chacun. Mais tant que les viols ne sont pas prouvés, hors de question pour moi de hurler avec les loups. Ni pour sa défense, ni pour sa condamnation.

Une remarque quand même. Je connais beaucoup de ceux et celles qui ont signé la pétition contre lui. Des irréprochables ? Ah, non ! Je sais tant de choses sur les dérives de certains. Leur libido perverse, leurs dérives de came, d'alcool. Les compromissions et trahisons de toutes sortes pour que leurs carrières perdurent.

Comme dit le proverbe des îles :

Quand on monte au cocotier, il faut avoir le cul propre.

Alors, je vais prendre de la hauteur, justement, sur ce phénomène de dénonciation d'agressions sexuelles qui n'a jamais été aussi présent dans les médias.

Il y a un fait acquis : l'époque a changé. Certains excès d'un autre temps doivent être éradiqués. Et j'applaudis des deux mains à l'assainissement. *Mee too* est incontestablement une des plus grandes avancées humanistes de la société nouvelle. Toute dignité féminine doit être respectée. Je n'accepterai en aucun cas que ma fille de seize ans soit salie en mots ou en actes par qui que ce soit. Que la chasse aux vrais salopards soit ouverte me convient parfaitement.

Mais… Parce qu'il y a un « mais » bien sûr.

Pour moi, la drague, la proposition, le compliment physique, la vanne un tant soit peu coquine ne constituent pas une agression sexuelle caractérisée. De la lourdeur et de la malséance tout au plus. Mais de là à emplir les prétoires, il y a une marge. D'autant que ces postures ne sont pas l'apanage des seuls hommes.

Combien de jeunes femmes fans m'ont étreint sans mon accord ? Combien m'ont volé un baiser ? J'en connais même une qui régulièrement, à la sortie de mes spectacles, m'enserre pendant le selfie obligatoire en me glissant à l'oreille :

— J'ai réservé une chambre d'hôtel. Tu me rejoins ?

Harcèlement alors ?

En tout cas, ça y ressemble. Mais, franchement, pas de quoi porter plainte. Je peux même t'ajouter les ambitieuses cathodiques prêtes à tout qui m'ont sollicité dans mon bureau :

— Si tu me fais passer dans tes émissions, je te fais ce que tu veux.

Proposition inacceptable pour moi, que j'ai toujours éteinte avec la même phrase :

— Si tu veux coucher pour réussir, tu ne réussiras qu'à coucher !

Et pour mettre une dernière touche à cette « parité », va te glisser dans une conversation de filles d'aujourd'hui. Entre les comptes rendus d'orgasmes, de taille de sexe, d'efficacité de sex toys, tu t'apercevras que le salace, la grossièreté et l'outrancier ne sont pas que des spécificités masculines.

J'entends déjà les féministes intégristes hurler.

Qu'elles se rassurent. Le mot « parité » que j'ai employé plus haut n'était pas tout à fait approprié. C'est pour cela que je l'ai mis entre guillemets. Le viol, à 98 %, est masculin. Autant les femmes peuvent être aussi trash que les plus chauds de nous, autant la véritable violence sexuelle n'appartient qu'aux plus sordides des pervers de sexe masculin.

Et n'en déplaise aux machos complotistes, 95 % des plaintes déposées sont justifiées par des violences avérées. Dans ces cas, je suis à mille pour cent pour encourager la parole à se libérer. Et même, en cas de condamnation, pour des peines encore plus lourdes que celles que propose la loi aujourd'hui.

Alors bien sûr, parfois, comme beaucoup d'entre vous, je doute de la bonne foi de la plaignante. Quand, par exemple, pour des raisons professionnelles, certaines ambitieuses rejoignent le canapé d'un producteur à la réputation sulfureuse dans sa chambre d'hôtel en pleine nuit. Inconscientes ou naïves ? Poltronnes et sofas ! C'est quand même une gueule du loup dans laquelle il est facile de ne pas tomber. En refusant tout simplement l'invitation.

À contrario, j'ai eu des témoignages d'amies qui ont subi un viol entre époux. Pour moi cet acte barbare est aussi punissable que l'agression par un inconnu. Pour que tu ne te méprennes en aucun cas sur ma vision des choses, j'ajouterai une donnée importante qui m'a valu des échanges orageux avec certains amis. Un en particulier qui justifiait le passage à l'acte par l'attitude équivoque de sa partenaire.

Il se plaignait :

— Tu comprends, elle est venue dans mon lit. On a fait les préliminaires et quand j'ai voulu la pénétrer elle a dit non. Ça m'a pas arrêté. Faut pas me prendre pour un con quand même !

— Désolé, mais si tu l'as fait quand même tu es non seulement un con, mais en plus un vrai salaud. Quand une femme dit « non », c'est « non ». Et ce quelle que soit la situation. Même la plus érogène. Au-delà, c'est un viol.

Pour clore le sujet, ma position sur la question, j'en avais fait une chanson dont je vais te livrer le texte dans quelques lignes. Ça s'appelle : *Elle marche sous la pluie*. Pas besoin d'argumentation supplémentaire, elle résume tout. Mais auparavant, juste un dernier ressenti sur l'évolution de ces rapports hommes-femmes de plus en plus tendus qui font chaque jour les choux gras du tribunal médiatique.

En six phrases clés.

1. Tant qu'une vérité n'est pas prouvée sans l'ombre d'un doute, cela n'en est pas une.

2. Toute peine prononcée pour un coupable n'effacera jamais la blessure indélébile infligée à une victime.

3. Tous les hommes ne sont pas des démons et toutes les femmes ne sont pas des anges.

4. La tentative de séduction n'est pas une agression.

5. Imposer son bon vouloir par mots ou par gestes après un refus catégorique en est une.

6. L'acte sexuel est un partage, pas une prise de pouvoir.

ELLE MARCHE SOUS LA PLUIE

Elle marche sous la pluie qui tombe de plus en plus fort
Ou bien est-ce que c'est le torrent de toutes les larmes de son corps ?

Est-ce que c'est le trottoir qui fuit, ses jambes qui n'avancent pas ?
Ou bien le reste de sa vie qui se dérobe sous ses pas.

Elle marche sous la pluie comme un zombie comme un fantôme
Elle a tout le corps qui frémit chaque fois qu'elle croise un homme
Et ce putain de taxi blanc qui n'a pas voulu s'arrêter
Parce qu'elle a le visage en sang et le corsage déchiré

Elle marche sous la pluie

Elle marche sous la pluie, qu'est-ce qu'elle va dire à son miroir ?
Aura-t-elle seulement l'envie ou même la force de s'y voir ?
Et puis il y a aussi les autres, tous ceux qui l'avaient prévenue
Qui vont lui dire que c'est sa faute, fallait pas traîner dans les rues

Elle marche sous la pluie

Elle marche sous la pluie, elle ne sait pas bien où elle va
Même quand finira la nuit, le jour ne se lèvera pas
Plus personne ne la poursuit, mais elle accélère le pas
Autour d'elle il n'y a plus de vie, elle n'entend que son cœur qui bat

Elle marche sous la pluie

Un banc, elle s'assoit. En face, le commissariat
Elle regarde ses bas, ses dentelles. Ceux-là vont encore dire
Que c'est sa faute à elle... Elle repart.

Elle marche sous la pluie qui tombe de plus en plus fort
Et toujours, toujours le torrent de toutes les larmes de son corps
Son ventre lui fait mal et son âme c'est pire encore
De se dire qu'elle n'est pas coupable, mais qu'on va lui trouver des torts

Elle marche sous la pluie

Elle marche sous la pluie, elles sont des milliers chaque jour
Sans une plainte sans un cri à ne pas gueuler « au secours »
Elles sont des milliers à pleurer toutes les larmes encore, encore
Pour des salauds en liberté qui leur ont dévasté le corps.

Elle marche sous la pluie

Écoute-moi, petite sœur, faut pas garder ça pour toi
Je sais ta honte, je sais ta peur de tout ce qu'on va dire de toi

Je sais qu'il n'y a rien à faire pour réparer ce bout de ciel
Mais faut hurler, faut pas se taire. Il faut crier pour toutes celles

Qui marchent sous la pluie

Qui marchent sous la pluie... Sous la pluie.

Un autre président maintenant. Le dernier en date. Et va savoir, peut-être même le prochain. Parce qu'il est rusé, le Manu ! Bien capable d'arranger la Constitution pour faire un tour de manège supplémentaire. Ou bien, à la Poutine, installer une marionnette dont il tirerait les fils. Un marcheur dont il serait derrière chaque pas. Un toutou auquel il apprendrait tout tout tout.

Y a pas photo ! Son avatar cinématographique est une évidence : c'est Bébel.

Toc toc bonjour ! *Le Marginal* pour sa jeunesse, sa méthode, sa modernité. *L'Incorrigible* pour les petites phrases qui fâchent à répétition. Pour Mélenchon : *Le Guignolo.* Pour Marine et son insécurité en cheval de bataille : *Peur sur la ville.* Et, bien entendu, pour son ambition inavouée : *Le Magnifique.* Il rêvait d'être comédien. Le 7 mai 2017, il a décroché le rôle de sa vie. Jour de la Sainte-Félicité. Synchronicité raccord avec son plus grand bonheur.

Janvier 2019.

En pleine crise des Gilets jaunes, l'« as des as » me reçoit à l'Élysée. Manches de la chemise blanche relevées, sourire éclatant et poignée de main broyeuse. Normal, il fait trois séances de boxe par semaine. Dehors, y a du vilain. On est au bord du grand chaos. Est-il inquiet, tendu ? Même pas. Juste déterminé. Prêt à affronter le danger en cascadeur. Sans doublure. *Le Professionnel.* On pourrait imaginer le blouson de cuir et le holster accrochés au portemanteau.

L'homme aime la bagarre. Quand il avait pris une gifle par un pékin lors d'un déplacement en province, les gardes du corps l'avaient immédiatement enserré. Plus pour le retenir que pour le protéger. Il voulait la rendre, la claque. Son ambition est guerrière. Plus Arès que Jupiter. Les réformes au pas de charge, les passages en force à l'Assemblée. Avec une indéniable qualité de stratège.

J'ai fait partie, avec beaucoup d'autres, d'une infime partie de cette stratégie. Elle consiste à prendre en permanence le pouls de l'opinion par l'intermédiaire d'un SMS groupé envoyé à des dizaines de personnalités dans tous les domaines. Artistique, scientifique, industriel, philosophique, médiatique :

— Comment tu sens les choses ?

On répond. Il picore. Et il décide, à l'aune de sa seule décision, étayée quand même en dernier ressort par l'avis de Brigitte. Son double. Et pas seulement pour l'âge. Son garde-fou. Bien plus influente que l'on croit. La vraie taulière du pays ?

J'ai échangé souvent des messages avec lui. Aujourd'hui, de moins en moins. Je ne le faisais que pour tenter d'influer un peu sur le cours des choses. Pour être le porte-voix des petits. Ça n'a pas servi à grand-chose. Les 49.3 à répétition, la réforme des retraites sans l'avis des parlementaires, l'insécurité, l'impunité, l'inflation, le *farniente* hors sol, je ne pense pas que le moindre conseil puisse aider à quoi que ce soit.

Là, c'est moi qui fais mon Bébel : *À bout de souffle.*

Ces messages sont évidemment de l'ordre du privé. Mais je voudrais quand même t'en livrer un. Parce qu'il résume assez bien, je crois, sa vraie nature.

Il date du 13 décembre 2018 :

Il faudrait que je trouve une autre manière de faire pour que les gens comprennent qui je suis et que je saisisse mieux ce qu'ils ressentent.

Toute l'ambiguïté du personnage est là. Excessif jusqu'à l'arrogance mais convaincu qu'il est méjugé, et avide de combler le fossé qui le sépare du petit peuple. Un aveu à la fois de compétence technique et de méconnaissance du quotidien. Même moi, qui ai plutôt de la sympathie pour lui, je t'avoue être partagé.

C'est pourquoi je vais te raconter une dernière anecdote intime. Elle illustre parfaitement ce que je pense être le vrai Macron : un ambitieux intraitable et parfois déconnecté doublé d'un humaniste véritablement désintéressé.

Deux heures du matin.

C'était pendant l'épidémie de Covid. Une centaine de petits cafés-théâtres étaient en train de mourir. Ils s'étaient regroupés pour appeler le gouvernement au secours. Sans réponse. Le responsable de cette association était désespéré.

Il m'a téléphoné, presque en sanglots :

— On va crever, Patrick ! On n'arrive même pas à avoir un interlocuteur pour essayer de trouver une solution. Je sais que tu échanges parfois avec le Président. Tu veux pas lui glisser un mot ? Si possible maintenant, le plus vite sera le mieux.

Ben voyons ! En pleine épidémie.

Tu me vois déranger le chef de l'État au milieu de la nuit pour aider des minisalles de spectacle ? Il avait mille problèmes d'une gravité bien supérieure à gérer. D'autant plus que je ne suis pas un intime, juste une relation lointaine épisodique.

C'est ce que je me suis dit au début. Et puis allez ! Même si c'était plus qu'improbable, qui ne risque rien n'a rien. J'ai tenté le coup quand même. J'ai envoyé un message. En me disant qu'au pire il ne répondrait pas, et qu'au mieux j'aurais un retour de sa part quelques jours plus tard m'expliquant avec tact qu'il avait d'autres priorités. Ce qui aurait été parfaitement légitime.

Surprise. Quelques secondes seulement après mon message, une réponse.

— Tu as eu raison de m'écrire. Dans ces petits cafés-théâtres, c'est là qu'ont débuté la plupart de ceux qui ont fait carrière. On ne peut absolument pas les laisser tomber. Qu'est-ce que je peux faire pour eux ?

S'est ensuivi un quart d'heure d'échange.

Il m'a parlé avec infiniment de compassion des artistes qui débutent et qu'en aucun cas on ne doit laisser pour compte. Et, à la fin, il m'a donné des contacts téléphoniques en m'assurant que tout serait fait pour tenter de les sauver. Et qu'il y veillerait personnellement. Ce fut le cas. Dès le lendemain, les responsables de ces cafés-théâtres étaient pris en charge par les instances gouvernementales compétentes. Et il y a eu des résultats.

Je résume.

Il est deux heures du matin.

Le président de la République est submergé par, sans doute, la pire situation nationale et internationale qu'il ait eu à gérer. Je le sollicite pour un problème infime. Il prend le temps de m'écouter et d'agir. Et ce sans autre intérêt qu'une aide gratuite. Je veux dire qu'électoralement, ce service rendu n'a aucune portée. Tu penses ! Filer un coup de main à des saltimbanques inconnus ne peut rien changer ni à des votes potentiels ni à son image de marque. D'autant que ça a été fait hors de tout étalage médiatique.

Alors je lui ai envoyé un ultime message :

— Merci pour eux. Je sais que tu dois t'occuper de choses cent fois plus graves. Alors, pour avoir pris du temps pour ça, t'es vraiment un mec bien !

Il a répondu

— Je ne serai un mec bien que si je les sauve !

Alors c'est lequel, le vrai Macron ? L'arrogant, le distant, celui qui se permet tout, parfois au détriment de la démocratie. Ou est-ce l'autre ? Imprévisible dans ses générosités et sincère dans son idéal de bienveillance.

La dernière interrogation à la Bébel :

Flic ou voyou ?

J'en ai presque fini avec les présidents de la République.

Ne te méprends pas, je ne t'ai pas confié tout ça pour un quelconque buzz. Bien que je sache pertinemment que les vautours des sites à scandale ont déjà sectionné et détourné mes propos pour te servir du clash et du trash. Les enculés ! C'est grossier encore une fois, je sais. Mais c'est ce qui me vient en premier. Je déplore juste qu'il n'existe pas un mot encore plus grossier pour qualifier ces rebuts puants de la société de communication.

En fait, je ne t'ai fait le portrait de ces présidents de la République que pour que tu décryptes mieux ce que sous-tend l'ambition ultime. Et que tu adaptes ces envies, ces failles et ces doutes à tes propres ambitions, bien moindres je le suppose. Autant prendre exemple sur l'exceptionnel pour mieux nourrir ta normalité.

En plus clair et plus trivial :

— Si ça déconne, ça doute, ça ment, ça trahit, ça frime, ça baise de travers, ça se plante à l'Élysée, ne te mine pas si c'est pareil dans le job où tu bosses ! Continue à y croire ! Tu as toutes tes chances.

J'ai aussi écrit tout ça pour que tu étalonnes ton jugement sur ces stars du système à du réel et non pas à des à priori. Je te jure que tout ce que je t'ai confié est authentique. Ces vérités changeront peut-être ton regard sur eux. Je le souhaite. C'est aussi pour cela que j'en dévoile autant. Les « on sait » valent toujours mieux que les « il paraît ». C'est aussi l'occasion de te donner un conseil qui t'aidera à tracer ton chemin d'ambition sans trop d'ornières :

Ne juge jamais sans savoir vraiment. Un jugement négatif trop hâtif peut écarter de ta route quelqu'un qui t'aurait bien aidé. Et, inversement, un à priori contraire peut t'accoupler avec un autre qui serait le pire obstacle à ta réussite.

J'ai débuté le premier chapitre consacré aux présidents avec une anecdote érotique. Je vais poursuivre dans la même veine. Mais sans quitter la politique, puisque celle qui fut ma partenaire de l'aventure que je vais te raconter était une élue de la République. Connue, de surcroît.

Comme pour la chanteuse engagée, je ne citerai pas son nom. Ni d'ailleurs l'année ni la région où les faits se sont déroulés. Par élégance. J'illustre, je ne dénonce pas.

Est-ce qu'un peintre inscrit le nom de ses modèles au bas d'une toile de nu ? Non, bien sûr.

Ou, comme me disait ma grand-mère chérie :

— Tu peux parler de quelqu'un dans son dos, mais c'est pas bien de montrer du doigt !

Cette députée connaissait une de mes amies. Elle lui avait confié qu'elle adorait mes émissions comme mes chansons festives et qu'un de ses rêves était de dîner avec moi pour mieux connaître le personnage. Surtout pour parler des valeurs de bienveillance que je défendais. Mon amie m'a transmis le message et son numéro de téléphone.

Au hasard d'un passage dans sa région, je l'ai invitée à me rejoindre dans une auberge-hôtel du coin pour ce dîner en tête à tête que moi aussi je désirais. Mais, je l'avoue, pas tout à fait pour les mêmes raisons. Je l'avais vue souvent à la télé. Son franc-parler, sa bonne humeur m'avaient bien plu. Mais au-delà, en plus de son physique avenant, j'avais cru déceler dans son œil une petite étincelle égrillarde.

Ça avait réveillé le Jean-Claude Dusse des *Bronzés* qui se cache parfois en moi quand je me dis :

— Avec celle-là, je pense qu'il y a une possibilité de conclure !

L'instinct du chasseur à l'affût.

Prédateur alors ?

Ah, non ! Le contraire plutôt.

Parce que quand je me remémore les multiples aventures de passage que j'ai vécues, dans 99 % des cas, la proie c'était moi. Notoriété oblige. Histoire pour ces demoiselles d'attraper un papillon célèbre. Je suis lucide. Avec le physique que j'ai (ni vraiment rebutant, mais ni irrésistible), sans mon nom sur l'affiche je n'aurais pas eu beaucoup de chances d'être épinglé dans leur collection.

Ceci dit, d'accord, j'étais une proie facile, je reconnais que je ne me suis pas souvent débattu.

Quel plus doux piège que de se faire prendre dans le filet d'un bas résille ?

Ça tombait bien, ce soir-là, cette chère députée en portait, des bas. Et dès qu'elle est arrivée dans le petit salon à l'écart, elle a tout fait pour que je le sache. En s'asseyant, elle a ostensiblement découvert sa jambe sous sa jupe fendue très haut. C'était l'éclair au chocolat en devanture d'une pâtisserie sous les yeux d'un gourmand. Je doutais que ce soit la tenue réglementaire dans les allées du

Palais-Bourbon, mais le Jean-Claude Dusse en moi en a été enchanté. Ça sentait très bon.

Le jeu de mots est plus que hasardeux, mais si on avait été dans un film, ça aurait été :

Et Dieu créa la femme, de Roger Bas Dim !

Elle était « comme j'aime ».

C'est-à-dire à l'opposé de la fameuse marque de régime. Bien portante juste ce qu'il faut. Je trouve beaucoup plus sensuels les physiques qui ne sentent pas la privation. Ils dénotent un appétit de tout qui augure un après gourmand. En d'autres temps, on aurait dit qu'elle était accorte et pimpante. Des expressions surannées. Comme ce mot d'ailleurs : « suranné ». J'adore les employer, ces expressions. Elles me rassurent en me confortant dans l'idée qu'il y a encore du chemin avant qu'Aya Nakamura fasse oublier Brassens !

On en a parlé, d'ailleurs, de Brassens, pendant notre repas intime. On a même fredonné ensemble un couplet de *L'Orage*. Et puis on a aussi évoqué Brel, Ferrat, Ferré qu'elle écoutait en boucle malgré sa génération bien plus récente que la mienne.

En fait, on a parlé de tout et de rien. Un peu d'actualité, de littérature, beaucoup moins de politique. Chaque fois qu'elle abordait le sujet, je déviais. Mes convictions étaient assez éloignées des siennes. Je ne voulais pas prendre le risque qu'une remarque maladroite de ma part puisse venir gâcher l'aboutissement de mon arrière-pensée qui, elle, n'avait rien de politique.

Pour cette arrière-pensée, justement, tout roulait parfaitement. Les frôlements de doigts, les œillades lascives attisaient de plus en plus ma libido. Sans compter la façon équivoque dont sa bouche gourmande avalait ostensiblement chaque bouchée. Finalement, j'ai fait très peu d'allusions à l'envie que j'avais de finir la nuit avec elle. Par stratégie. Histoire de me tenir le plus éloigné possible de l'image triviale que les caricaturistes renvoient de moi.

Le souvenir des conseils de Maman :

— En séduction, mon petit, le mot le plus important, ce n'est pas flatter, attendrir, faire rire ou émouvoir, c'est surprendre.

Alors pour surprendre, en imprévisible romantique, je me suis retenu de toute gauloiserie. Mais je commençais à crépiter de l'intérieur comme le feu de bois qui grillait notre magret. Pour la suite, ça sentait le brasero !

À la fin du repas nous sommes allés prendre le café sur la terrasse. La nuit d'été était magnifique. Le chant des cigales, la douce chaleur, quelques degrés d'alcool, tout y était. J'ai glissé ma main sur sa cuisse. Elle l'a écartée doucement.

— Non… après. Je veux qu'on parle encore d'abord.

— Je te promets qu'on parlera après.

Elle a éclaté de rire :

— Pas à moi ! Je suis une politique, alors les promesses je sais ce que c'est. Et puis de toute façon, tu connais le dicton qui se vérifie chaque fois ?

— Lequel ?

— Après l'amour, le premier qui parle dit toujours une connerie !

Une étoile filante est passée dans le ciel clair. J'ai dit :

— Fais un vœu. Même le plus fou.

Et là, d'un coup, elle est devenue une autre. Elle a murmuré :

— Pas besoin de faire de vœu. L'étoile, c'est moi. Depuis que je suis petite je sais que je serai présidente de la République un jour. J'en suis certaine.

Et elle est partie dans une longue tirade. Ses convictions, son programme, sa stratégie, son aura. Tout y est passé. L'œil avait changé. Il n'était plus pétillant. Juste grave, froid. Ses gestes souples étaient devenus saccadés au tempo de ses démonstrations d'orgueil.

Tu veux que je te dise ?

En quelques secondes, elle avait perdu toute sa sensualité. Le brasero était devenu pour moi un arbre mort. Aurait-elle écarté un peu plus les jambes sur la culotte qu'elle ne portait pas que ça ne m'aurait pas ému plus que ça. Plus ses yeux reflétaient l'espoir de l'ambition suprême, plus elle perdait tout charme. Et donc, plus ma libido s'éteignait.

Nous sommes revenus au bout d'une demi-heure de « meeting politique » vers le hall de l'hôtel-auberge où j'avais réservé une chambre à tout hasard. Là, elle m'a soudain embrassé sur la bouche. Ce baiser inattendu a réveillé une parcelle de Jean-Claude Dusse.

Il me restait donc encore un mince espoir de réamorcer mon désir ?

J'ai proposé :

— On en boit un dernier dans ma chambre.

— Non. Désolée. Quand on a un destin comme le mien, on peut faire une pause, mais pas trop longtemps. En plus, j'ai un rapport à taper.

— Je comprends.

— En tout cas j'ai été ravie de ce repas et de ce que tu es. Le baiser que je t'ai donné n'était qu'une étape. On se reverra, j'en suis sûre. J'espère que tu seras derrière moi pour m'aider à gravir les dernières marches du pouvoir.

J'ai hésité et j'ai répondu :

— Bien sûr.

Et j'ai demandé en souriant :

— Il faudra que je mette des bas ?

— Pourquoi tu me demandes ça ?

— Pour rien… pour rien

Voilà ! Son rapport à taper avait sonné le glas du nôtre. Quand j'ai raconté ma soirée à l'amie commune qui nous avait mis en relation, elle a éclaté de rire.

— Tu m'aurais demandé, je t'aurais prévenu. Elle est comme ça. C'est sa spécialité. Elle sort le grand jeu, et elle embobine juste pour avoir un soutien. Elle fait ça même avec les femmes. Mais sans jamais conclure. En plus, je suis persuadée qu'elle n'a aucune vie sexuelle. Un jour, je lui ai posé la question, tu sais ce qu'elle m'a répondu ?

— Non ?

— J'ai pas le temps. J'ai trop de grandes choses à faire pour gâcher mon énergie dans ces conneries !

Ce soir-là, j'ai regagné ma chambre à la fois contrarié et amusé. Mais quand même, en souvenir de ses bas résille, je me suis offert le substitut de plaisir manuel que connaissent tous les VRP esseulés. Qui sait d'ailleurs si cette nuit-là dans mes spermatozoïdes gâchés ne se trouvait pas l'embryon d'un possible président de la République du vingt et unième siècle ? Un comble !

Et comme l'humour sera toujours ma consolation la plus précieuse, quand j'ai eu fini, j'ai regardé ma main et je lui ai dit :

— Heureusement que tu ne fais pas de politique, toi !

La députée avait raison.

Après l'amour, le premier qui parle dit toujours une connerie !

Je résume.

En politique il y a deux catégories de liens entre l'ambition et la sexualité. D'abord celle dans laquelle les deux sont intimement soudés. Cela concerne les plus nombreux. Ceux ou celles qui savent que le pouvoir est érogène. Pour lesquels l'accession à un poste de dominant est la garantie d'une séduction démultipliée.

En plus trivial, ils sont beaucoup à se dire, sans l'avouer publiquement bien sûr :

— Plus j'aurai de pouvoir, plus j'en baiserai !

Ne fais pas une moue dégoûtée pour la grossièreté, ils sont bien plus nombreux que tu crois à parler soft mais à penser gras. Et cette motivation n'est pas que l'apanage des hautes sphères. C'est même encore plus flagrant dans les institutions de province. La maîtresse de canton se laisse souvent séduire à la cocarde. Le petit grouillot de préfecture aussi.

Certains élus m'ont même confié n'avoir choisi cette voie que pour ça. Pas de quoi s'offusquer, c'est aussi très courant dans l'ambition des artistes. Être célèbre pour en séduire le plus possible. On en reparlera dans un prochain chapitre.

Dans la deuxième catégorie, ils sont moins nombreux.

Ce sont ceux, à l'instar de ma députée en bas résille, dont l'ambition est si prégnante qu'elle a presque éteint toute libido. Comme si le côté animal de l'accouplement les ramenait, avec presque du dégoût, au stade le plus primaire de l'humain. Dans leur désir d'accession au pouvoir, le détachement des bas instincts et la totale disponibilité intellectuelle et physique sont, pour eux, le nec plus ultra de leurs chances de réussite.

De fait, comme elle l'a dit grossièrement :

— Pas de temps à perdre avec ces conneries !

Pour te livrer le fond de ma pensée, je soupçonne Macron d'appartenir éventuellement à cette catégorie-là. Je n'en ai aucune preuve. C'est juste un ressenti. Peut-être que je me fourvoie totalement. Qu'à l'image de Bébel, son avatar de cinéma, c'est un King du *Kama-sutra*. Mais mon feeling me fait plus penser que son ambition dévorante lui a fait reléguer les plaisirs érotiques au second plan. Toutefois, cela n'enlève rien à sa virilité.

D'autant qu'à la différence d'un Hollande ou d'un Sarkozy déployant tous les artifices pour séduire, il n'a nul besoin de cela puisque son pouvoir de séduction est naturel.

Pour résumer, plus une ambition est grande, plus elle demande des sacrifices. Certains abandonnent en chemin des valeurs, des amis, parfois leur famille. Dans le cas que j'ai développé, mettre à l'arrière-plan la sexualité n'est qu'un transfert de libido. De celle de la chair à celle du pouvoir. En plus cash : régner, ça fait bander… ou mouiller ! Souvent bien plus que dans une alcôve.

Cependant, cela dénote un défaut de caractère dont nous devons tous tenter de nous protéger : la fourberie ordinaire. Et d'autant plus quand ce défaut concerne nos dirigeants.

J'ai toujours eu de la suspicion envers ceux ou celles qui n'aiment ni la bonne chère, ni la bonne chair. Je ne dis pas que les Gargantua ou les Messaline sont exemplaires. Mais tout au long de mes cinquante ans de carrière, j'ai été bien plus empêché et trahi par des ascètes que par des bons vivants.

J'exclus Macron de ces fourbes, vu que pour la bonne chair je n'ai qu'un ressenti sans aucune preuve et que la bonne chère est un de ses péchés mignons. Mais beaucoup d'autres me paraissent correspondre à cette catégorie de « rosières » occasionnelles. Des dominants dont la tempérance sexuelle cache une nature profonde sournoise et nocive.

La phrase qui va suivre est une recommandation de Frédéric Dard, mon maître à penser. Tu la trouveras certainement osée et seulement raccord avec mon image de marque gauloise. Mais, réfléchis bien. Elle va au-delà de la simple formule triviale à l'emporte-pièce.

Et si tu l'appliques à des candidats à une élection, elle te servira, j'en suis certain, de garde-fou. Et donc, tu auras tout loisir d'en tenir compte au moment de glisser ton bulletin dans l'urne.

Le conseil de Frédéric est celui-ci :

Il ne faut pas se méfier de ceux qui baisent trop. Il faut se méfier de ceux qui ne baisent pas !

Si, comme je l'ai écrit au début, j'ai l'ambition secrète que cet ouvrage m'aide à acquérir un peu plus de respectabilité, je ne peux quand même pas terminer ce chapitre présidentiel sur des mots aussi gras. Je vais donc ajouter une dernière observation. Elle tient du domaine lexical. Elle laissera sans doute de marbre les plus cartésiens d'entre vous. Mais elle interpellera les déterministes.

J'ai remarqué une synchronicité amusante dans l'identité de tous les présidents de la Cinquième République. Enfin, tous sauf un. Georges Pompidou. Mais il faut noter que c'est aussi le seul parmi eux qui n'a pas fini son mandat. Donc, on peut l'exclure de cette coïncidence.

C'est une similitude bien futile, mais j'ai constaté que tous les autres ont la lettre *a* à la fois dans leur nom et leur prénom. Charles de Gaulle, Valéry Giscard d'Estaing, François Mitterrand, Jacques Chirac, Nicolas Sarkozy, François Hollande et Emmanuel Macron.

Étonnant, non ?

Si on veut crédibiliser cette observation, on peut noter que beaucoup des recalés définitifs au poste n'avaient pas cette particularité. De Georges Marchais à Marine Le Pen. En passant par Ségolène Royal, Lionel Jospin, François Fillon, Alain Juppé, Dominique Strauss-Kahn, Jean-Marie Le Pen, Jean-Luc Mélenchon.

Les chipoteurs m'opposeront qu'Édouard Balladur l'avait, cette similitude de *a* dans le prénom et le nom. Il était promis au sacre. Mais son comportement hautain augurant un décalage profond avec le pays l'a disqualifié. Preuve que le hasard peut aussi faire des exceptions à sa règle en cas de sauvetage d'urgence.

Lol !

Alors, bien sûr, pour la majorité d'entre vous tout ça n'est qu'un jeu de lettres. Un hasard qui peut amuser, mais en aucun cas être pris pour une vérité, évidemment. Donc, je n'irai pas jusqu'à pronostiquer la victoire de Jordan Bardella ou Gabriel Attal pour la prochaine élection, mais avoue que la synchronicité vaudra le coup d'être vérifiée.

Tout cela n'est, bien entendu, qu'un petit délire littéraire de ma part. Mais, en élargissant le raisonnement à la part d'inconnu qui oriente notre chemin de vie, cela pose quand même une question :

L'ambition n'est-elle soumise qu'à des actes réels qui la construisent, ou bien y a-t-il des éléments impalpables préécrits qui nous entraînent à la réaliser ou pas ?

Avec l'interrogation certainement la plus légitime liée à l'assouvissement ou non de l'ambition de chacun de nous.

Au passage, un très beau sujet de dissertation au baccalauréat :

Sommes-nous maîtres de notre destin, ou le destin est-il maître de nous ?

Quand je te disais que ce livre était philosophique !

LES CONTES DE FÉES

CÉLINE, PATRICK,
ALBERT, PATRICIA

Il était plusieurs fois.

Ils s'appellent Céline, Patrick, Albert, Dany, Jean, Corinne, Gilles, Jeff.

Des prénoms qui se sont fait un nom. Stars aujourd'hui, j'ai été pour certains, à minima un marchepied, au mieux la providence. À présent, je les suis de loin, ces « bébés » que j'ai bercés de si près. Je suis donc parmi les mieux placés pour analyser les méandres de leur ambition.

Je les ai connus les yeux luisants d'espoir. Le soleil des projecteurs en a-t-il aveuglé certains ? Y a-t-il eu des Icare qui s'y sont brûlé les ailes ? De quoi est-il fait vraiment, ce vertige, quand on s'élève trop haut au-dessus du commun des mortels ?

Je vais tenter de répondre à ces questions. Avec bienveillance. D'abord, parce que j'ai connu moi-même cette ascension périlleuse. Ensuite parce que aucun de ceux-là n'a fait preuve de la moindre ingratitude à mon égard. Ce qui n'est pas le cas de bien d'autres que j'ai tenté d'aider à se hisser. C'est peut-être d'ailleurs pour cela qu'ils scintillent bien moins ou pas du tout. Je t'en parlerai un peu aussi. Mais sans les nommer. Encore une fois, j'illustre, je ne dénonce pas.

Septembre 1984. Il y a quarante ans déjà. Putain, que c'est passé vite !

Le chapiteau bicolore est planté sur un terrain vague à quelques encablures de la ville. La pluie de la veille a tout détrempé. On a installé un chemin de planchettes instables pour aller des caravanes à la scène. La jeune fille, en jupe à volants kitch, l'emprunte avec précaution. Son mentor, qui la tient par la main pour lui éviter le faux pas, patauge dans la boue. Tout un symbole déjà. Il est prêt à tous les sacrifices pour que sa luciole devienne une étoile sans se salir.

Les chaises de bois sont inconfortables, l'estrade sans apparat. Les spectateurs ne se sont pas habillés pour la circonstance. Mais le brouhaha d'avant spectacle est gai, bon enfant. Un bon gala de province, quoi ! Comme j'en ai fait des centaines. Dans un quart d'heure, Philippe Lavil les téléportera des arbres sans feuilles d'un automne gris aux bambous des tropiques.

Et puis ce sera à moi. La « vedette ». Celui pour lequel ils sont venus. L'imitateur à la mode qui les réjouira avec ses contrefaçons de Bourvil, Dassin, de Funès, Chirac, Coluche. Et ils rentreront chez eux tout heureux de la parenthèse festive dans leur vie ordinaire.

Mais qui se souviendra que ce soir-là, la vraie star n'était pas celle qu'ils croyaient ?

L'escalier qui mène à la scène est bancal. J'essaie de rassurer la gamine :

— Bon, là c'est pas top comme conditions, mais dans un mois, quand on va faire l'Olympia, ça sera nettement moins « *roots* ».

Malgré le trac, elle sourit. Et puis elle répond avec conviction :

— Alors ça, je me fous du décor ! Moi, tu sais, du moment que je chante, c'est Las Vegas partout.

Prémonitoire.

Le présentateur annonce :

— … Pour la première partie du spectacle, avant Philippe Lavil, Patrick a choisi de vous faire découvrir une jeune chanteuse qui vient du Québec. Elle n'a que seize ans. Elle s'appelle Céline Dion.

Applaudissements épars et polis.

Au moment où elle entrera, pendant les premières notes de musique, certains finiront de s'installer. Ils l'écouteront sans plus d'intérêt que ça. Comme on picore les amuse-bouche à l'apéritif, en attendant l'entrée et le plat principal. Pendant toute la deuxième de ses trois chansons, elle assurera un duo involontaire avec un enfant capricieux en larmes et en cris. Ce n'est qu'aux applaudissements de fin que les parents se décideront enfin à l'évacuer.

En coulisses je glisserai, malicieux, à René :

— Les gosses, le meilleur moment c'est quand on les fait !

Il aura une moue sceptique.

Ce soir-là, Céline fit ce qu'on appelle un petit succès d'estime. Elle méritait bien plus, mais, bon ! Honnêtement, on était loin de l'ovation. Même si c'était très encourageant.

Je l'ai happée à la sortie :

— C'est bien ma puce. Ils n'ont pas applaudi très fort, mais je te promets qu'ils ont beaucoup aimé. Et puis tu sais, le public du coin, il n'est pas très facile.

Elle a dit, les yeux légèrement embués :

— Ce n'est pas le public, c'est moi. Il faut que je travaille encore. Tu m'en veux pas ?

— Mais bien sûr que non. Pourquoi je t'en voudrais ?

— C'est toi qui es sur l'affiche. Ils pourraient te reprocher de m'avoir choisie en première partie. Je ne voudrais pas que tu le regrettes.

— Ça va pas, non ? Je ne regrette pas. Bien au contraire. On est tous passés par là. OK, ce n'était pas un triomphe, mais tu as gagné beaucoup plus ce soir. Parce que je suis fier de ta réaction. Tu as raison. Ce n'est jamais la faute du public. Tu as compris qu'il fallait encore bosser. C'est pour ça qu'un jour tu seras une grande.

Et René a renchéri :

— Et même si un jour tu es la plus grande, il faudra encore travailler.

Et il l'a serrée tendrement dans ses bras. S'aimaient-ils déjà d'un amour interdit ? Je ne sais pas. En tout cas, rien ne dénotait autre chose qu'un attachement presque filial. Sauf peut-être juste une étincelle dans les yeux de René quand elle est partie vers la caravane pour se changer. Je connais suffisamment l'âme masculine pour en détecter le moindre signal. Son regard ne suivait pas une adolescente, mais une femme. Absolument pas libidineux, non. Juste un peu amoureux. C'est ça, certainement amoureux !

C'est là qu'il m'a glissé en souriant :

— Il faudra que tu m'expliques ta blague de tout à l'heure. Au cas où tu ne le saurais pas, chez nous, au Québec, les « gosses », ce sont les testicules.

Oups, boulette !

Après s'être changée, elle est revenue s'asseoir près de lui sur un *fly case* usé pour assister à mes pitreries. Avec le recul, c'est comme si j'avais fait des pantomimes devant Chaplin ou la cuisine à Guy Savoy. J'ai triomphé. En sortant, au bas de la scène, elle m'a dit en me faisant un clin d'œil :

— C'est super, mais il faut que tu travailles encore !

J'ai éclaté de rire et je l'ai serrée dans mes bras. Sacrée gamine ! Quand je pense à elle, je revois toujours ces quelques galas ordinaires dans la France profonde. Un flash-back dans lequel s'entremêlent des chapiteaux improbables, des gymnases plus faits pour le basket que pour la musique, et un public bien franchouillard. Et sur des planches disjointes, un oisillon qui piaille de toutes ses forces.

De tout son talent. De toute son ambition.

Je crois que le jour où cette photo s'est inscrite le plus irréellement entre moi et mon écran de télé, c'était le 19 juillet 1996. Douze ans seulement après le *fly case* inconfortable planté dans un sol boueux de la province bourguignonne. À Atlanta, pour la cérémonie d'ouverture des Jeux olympiques, elle chantait devant quatre-vingt-trois mille personnes et trois milliards de téléspectateurs !

Ce métier est merveilleux. Il m'a épuisé le corps autant qu'il m'a embelli la mémoire.

Céline avouera dans sa biographie que c'est au cours de cette tournée préparatoire de l'Olympia, en 1984, qu'elle est devenue adulte. Entre les musiciens, les techniciens, Philippe et moi, c'est vrai qu'elle a plongé en apnée dans un univers de grandes personnes. Les repas d'après spectacle, les hôtels, la déconne permanente.

Malgré son jeune âge, elle s'est fondue dans notre famille d'allumés sans aucune appréhension. Drôle, gentille, humble. Et surtout sans aucun jugement sur nos excès de bien vivre. Et Dieu sait qu'à l'époque on ne se refusait rien. Eh oui, ma brave dame ! Le bon temps d'avant. Avant que la tyrannie des bien-pensants nous interdise ce qui fait plaisir et nous impose ce qui nous emmerde.

En même temps, René veillait à l'écarter de nos délires et de nos conversations les plus scabreuses. Et nous-mêmes étions précautionneux. Même contre sa volonté.

Quand, pendant les balances avec l'orchestre, on la tenait à l'écart du résumé de nos exploits les plus chauds de la nuit précédente, elle insistait :

— Je peux écouter ?

— Non t'es trop petite, va jouer dans ta chambre !

— Vous êtes vraiment trop idiots ! J'ai seize ans, pas quatre ans.

Et René trouvait l'argument imparable :

— Il faut que tu ailles tester le son.

Elle filait comme un avion.

Parce que c'était ça sa vraie passion. Sans calcul d'orgueil. En rêvant peut-être de devenir une très grande chanteuse, mais certainement pas la star des stars. Elle chantait *Mon ami m'a quittée* sans imaginer qu'ils seraient des millions d'amis dans le monde à venir combler ce vide.

Chanter. Oh oui, chanter ! Son plaisir suprême. Son sacerdoce. Presque une mission christique. Il n'était que de voir comme son visage s'illuminait dès qu'elle mettait le pied sur scène. Heureuse. Rayonnante. Solaire. Et sa voix magique faisait le reste. Chaque soir en coulisses, j'en avais la chair de poule.

Aujourd'hui, j'en ai la chair de poulpe. La tendresse boursouflée. Un frisson équivoque. Inconfortablement ému, et un peu mal à l'aise à la fois, à chaque interview où je la regarde surjouer son personnage. Aussi bien dans les éclats de joie que dans les tristesses et les souffrances larmoyantes.

Ne te méprends pas, j'adore cette femme. Et je me suis toujours fondu avec ravissement et admiration dans ses succès autant qu'avec compassion dans ses douleurs atroces. Mais chaque fois que je la vois aujourd'hui, je me pose la même question qui synthétise presque tout le propos de ce livre :

Laquelle de la môme fraîche inconnue ou de la femme accomplie, la plus grande chanteuse du monde, a été la plus heureuse ?

Alors arrêt sur image comparatif.

1984. Une caravane brinquebalante dans un terrain vague. Une estrade de fête votive. La jeune fille a un visage un peu ingrat. D'épais sourcils et des canines qui débordent du sourire. On dormira dans un hôtel pour VRP. Personne ne la reconnaîtra dans la rue. Et dans la voiture, pendant le trajet entre deux villes, de temps en temps, elle posera sa tête sur l'épaule de son « papa ». En sécurité.

Ambitieuse mais raisonnable. Presque anonyme, mais gaie, vivace. Vivante.

2024. Sa plus récente photo sur un réseau social. Émaciée, tourmentée, malade. Mais très très très riche. Et plus que célèbre, une icône. Physiquement dans la norme. Plus de canines ni de sourcils ingrats. Presque recluse dans son immense propriété aux pièces innombrables. Épuisée par le stakhanovisme de ses performances à Las Vegas devant des salles de privilégiés en habit de soirée qui lui ont offert les triomphes et une immense fortune. Et pourtant, elle a le regard triste des orphelins.

« Papa » lui manque tant.

Tu peux te payer tous les gardes du corps que tu veux, la vraie sécurité, c'est un garde du cœur.

Été 1984.

Patriiiick !

Quelques fans crient mon prénom.

Oui, oui, le mien. Pas celui de Bruel. Et pour cause. Ce soir-là, au théâtre de verdure de Nice, il est dans la salle. En spectateur anonyme et enthousiaste. À peine connu. Il a joué dans *Le Coup de sirocco*, fait un peu de théâtre et sa carrière dans la chanson démarre tout juste. Après avoir tenté mille choses, il sait que son destin est là. En 1975, il a vu Sardou sur scène, ça a été le déclic. Il veut être chanteur star. Et tout ce qui va avec. Le succès, l'argent, et les filles. L'ambition ordinaire de tant d'artistes en herbe.

Après le spectacle, il a déboulé dans ma loge en frelon. Virevoltant, joyeux, extraverti, sûr de lui. Comme s'il prolongeait le GO de Club Med qu'il avait été. Bref, presque un Dubosc au camping des Flots Bleus :

— Et alors, on n'attend pas Patrick ?

Avec une touche de *La Vérité si je mens.* D'ailleurs, ça a été son premier mot.

— La vérité, tu m'as éclaté. Et l'ambiance. Putain, le bonheur ! Qu'est-ce que j'aimerais partir en tournée avec toi pour vivre ça !

Ma vérité à moi, c'est que je suis tombé immédiatement sous le charme. J'avais trente et un ans, lui vingt-cinq. Il aurait pu être mon petit frère. Son enthousiasme dévastateur était presque émouvant. Une tornade d'énergie. Avec une particularité rare. En un quart de seconde, il pouvait transformer son regard. Se fabriquer sur commande une intensité irrésistible en vous fixant dans les yeux. Par la suite, je lui verrai cent fois dégainer cette étincelle avec les filles. Son arme absolue de tombeur.

Ce soir-là, après avoir appuyé une de ces œillades charmeuses, il m'a lancé :

— Viens avec moi, on va se faire les boîtes de nuit à Cannes !

Et on est partis en virée.

La musique, les rires, la drague. L'insouciance des nuits de ce temps-là. Sans retenue, mais sans perversité non plus. Avec comme seule insécurité, sur les trottoirs de l'aube, non pas l'agression gratuite d'un dingue à l'Opinel, mais seulement le risque de s'affaler de trop de fatigue ou de whiskies.

Le soleil se levait quand on est sortis de la dernière discothèque au bras de nos conquêtes respectives. C'est là que je lui ai offert un orgasme bien plus fort que celui que lui promettait la petite métisse lovée contre lui.

Je l'ai attrapé par le cou, et je lui ai murmuré à l'oreille :

— Je vais te faire une confidence, mais tu la répètes à personne. L'été prochain, promis, je t'emmène en tournée d'été avec moi.

Il a écarté la petite brune, et en hurlant de joie, il a traversé la Croisette en courant comme un fou vers la Méditerranée. Je ne me souviens plus s'il y a plongé, mais pour la beauté du geste, on va dire que oui.

Elle est pas belle la vie ?

Huit mois plus tard. Dans le bureau de mon imprésario, Jacques Marouani, il fait une entrée tonitruante. Raccord avec le lumineux de Nice. Enthousiaste, gai.

— Alors, on part quand ? J'ai des nouvelles chansons, je suis sûr que ça va cartonner.

Problème. J'avais été échaudé par le comportement de certains qui assuraient ma première partie l'été précédent.

Je louvoie un peu pour ne pas le brusquer et je me lâche :

— Écoute Patrick, je suis désolé. Après réflexion, cette année, on a décidé que je ne prendrais pas de première partie.

Ça l'a assommé. On l'a vu se liquéfier. Dans le vrai sens du mot. Des larmes.

— Oh putain ! J'y comptais tellement. En plus, je devais faire un film et c'est tombé à l'eau. C'est une catastrophe.

Un boxeur K.-O. Tout le malheur du monde. Il est sorti du bureau la tête basse. Dès qu'il a eu passé la porte, il y a eu un long silence entre Jacques et moi. Et puis un regard. Même pas un mot. Mais nos yeux ont parlé en même temps. Ils ont dit :

— On ne peut pas lui faire ça.

Et en juin 1985, il pouvait bondir sur scène en première partie de mon spectacle.

Le problème avec les ambitieux de cette trempe, c'est de gérer l'enthousiasme. Le mot qui, pour moi, pendant cette tournée idyllique, colle le mieux à la personnalité du Patrick des débuts, c'est : impatient. Plus que sincère. Mais trop avide, trop pressé. Le peu de la sagesse que j'avais acquise en seulement dix ans de scène me donnait le droit sinon de le calmer, au moins de canaliser ses ardeurs.

Le premier soir, quand il est sorti de scène, il m'a demandé, fier de lui :

— Alors ? C'était top, non ?

J'ai répondu :

— C'était fort, très fort !

Et en douchant immédiatement sa satisfaction, j'ai ajouté :

— Faudra baisser le son !

Et j'ai tourné les talons en riant.

On est devenus de vrais amis. De vrais complices.

Comme Céline, sur scène, il ne faisait pas de triomphe, mais un beau petit succès. Ça ne le bouleversait pas. Appliqué, il avait compris qu'il fallait apprendre et apprendre encore. J'étais le maître, il était l'élève. Mais en coulisses, c'est parfois moi qui apprenais de lui. Parce qu'il n'était pas qu'un insouciant pour minettes, le gamin. L'abandon de son père, les déjà multiples blessures du quotidien, les cicatrices de l'exil forcé de sa famille, lui avaient forgé une conscience de fer sous sa panoplie de Chamallow.

Cet été-là, j'avais dans mes bagages une fille magnifique. Sans doute une des plus belles que j'aie connues. Isabel était américaine. Un mannequin de vingt ans. Splendide. Qui plus est, de l'intérieur comme de l'extérieur. Au matin de notre première nuit, quand je l'ai regardée s'éveiller dans les draps blancs seulement vêtue du rayon de soleil qui perçait la véranda, j'ai eu l'impression de contempler la page du milieu de *Playboy*. Sans les agrafes, bien sûr !

Mais, à cette époque, je trimbalais sur mon porte-bagages le pire de mes démons : l'alcool et toutes ses dérives. Entre autres, la jalousie et les plus stupides des infidélités. Avoir dans son cœur la plus belle des plus belles et aller se galvauder sur la banquette arrière d'une quelconque de passage pour le plaisir du chasseur, tu parles d'une aberration !

Ahurissant de connerie.

Un soir, j'ai eu avec Isabel une altercation d'amoureux plus forte que les autres. Alors, le « gamin » m'a fait la morale. Avec des mots durs. Les vrais. Les seuls qu'autorise une amitié sincère :

— Faut que tu freines la picole, Patrick. Isabel t'aime vraiment. Vu ta gueule et la sienne, cette fille magnifique, c'est déjà un cadeau. Mais si tu continues comme ça, il ne va te rester que le papier et la ficelle d'emballage !

Il avait raison. Je cesserai de boire définitivement quelques mois plus tard, le jour de mes trente-deux ans. Trop tard. Isabel me quittera à Noël. Le jour des cadeaux. Pour elle la liberté, pour moi les aiguilles du sapin plantées plein cœur. La punition méritée des enfants qui n'ont pas été sages.

Quand je repense à cette tournée qui a vu les premiers pas de Patrick en concert, je ne peux pas m'empêcher de l'associer à un autre début. Sébastien, mon fils, avait quatorze ans. Passionné par les lumières de scène, il avait souhaité venir travailler avec moi pour la première fois.

Ça a été un bonheur absolu. On n'avait que dix-sept ans d'écart et le père tout fier que j'étais découvrait aussi un copain et un confident. Insolent et drôle, il nous appelait « les vieux », Patrick et moi.

Un soir de juillet, les « vieux Patrick » étaient affalés sur la banquette du hall d'entrée du Novotel de la route de Palavas. On misait sur notre pari du jour. On avait remarqué une blondinette qui ne nous paraissait pas farouche. Chacun de nous avait tenté une approche et le résultat avait été encourageant autant pour l'un que pour l'autre.

Alors, lequel de nous deux emporterait le gros lot ?

Sébastien nous a interrompus :

— Je voudrais te demander une chose un peu particulière, papa.

— Oui ?

— Tu pourrais me réserver une chambre, là, tout de suite ?

— Pour quoi faire ?

— Ben, j'ai trouvé une copine et…

Étrange ressenti, ce mélange de fierté et de coup de vieux quand, sans prévenir, l'oisillon prend son premier véritable envol. Quoi répondre ? Accepter en papa cool et moderne ? Le sermonner en patriarche au prétexte qu'il était trop jeune ?

Patrick a tranché :

— Tu sais, chez nous les juifs, pour la bar-mitzvah, il est arrivé parfois que ce soit le père qui conduise son fils de treize ans au bordel pour une initiation sexuelle. Si je peux me permettre, il en a quatorze, t'es en retard d'un an !

Alors soit ! Autorisation accordée.

Et, dix minutes plus tard, on a vu passer Sébastien au bras… de la blondinette objet de nos paris. Il s'est dirigé vers les étages avec un sourire de vainqueur. Malgré l'orgueil écorné, la fierté a vite pris le dessus sur le dépit. Mais j'ai laissé tomber pour moi-même un affectueux :

— Petit con !

Patrick a ajouté :

— Ça veut peut-être dire qu'il a raison. On commence à être des vieux cons !

Quoi qu'il en soit, déjà presque vieux ou pas, on était bien. Le soleil, le succès, la fête tous les soirs. Patrick a certainement été témoin d'un des moments de ma vie qui ont le plus ressemblé au bonheur absolu.

C'était en juillet 1985.

Cinq ans plus tard, en juillet 1990, je serais dans le hall de ce même Novotel de la route de Palavas. Anéanti. Détruit après y avoir appris dans la nuit la mort de Sébastien dans un accident de moto. L'abominable synchronicité. Le symbole atroce de l'ordre des choses instauré par je ne sais quel Dieu qui nous fait payer le meilleur en nous infligeant le pire. Ou comment passer en cinq ans, en parfaite correspondance de date, du bonheur absolu à l'horreur absolue.

Putain ! Mais pourquoi on ne nous dit pas plus souvent que quand on donne la vie on donne aussi la mort ? Que les motos ça vole. Que même avec le plus puissant des antiseptiques, il y a des plaies qui ne se referment jamais. Et surtout que, comme en ce moment, le bruit des mots qu'on écrit est parfois plus assourdissant que ceux qu'on hurle.

Alors, stop !

J'en reviens aux années bonheur et à l'ambition de « Patriiiiick ». Quelques mois après la fin de notre tournée magique, on a dîné à trois avec Vincent Lindon.

Patrick nous a annoncé :

— J'ai décidé de faire l'Olympia tout seul en vedette.

Réponse immédiate de Vincent :

— Ben voyons ! Et moi, je vais jouer au tennis contre Borg et je vais lui mettre 6/2, 6/0, 6/0 !

Smash ! Et revers de fond de cour plus nuancé de ma part.

— Là je crois que tu vas un peu vite, comme d'habitude. Je pense que t'es pas tout à fait prêt.

Le « maître » s'est trompé. Il l'était. Ça a été un triomphe. L'Olympia était plein à ras bord. Les filles hurlaient. Le début de l'épopée qui allait aboutir à la Bruelmania. Plus qu'une réussite artistique, un phénomène de société. Avec évidemment ses outrances et ses jalousies. Et la pire des transformations qu'impose à l'être humain le succès hors norme : l'animalité. Devenir une bête traquée.

— Allô Patrick ! C'est Patrick. C'est terrible. Elles squattent devant chez moi. Je peux pas faire un pas dans la rue sans qu'elles se jettent sur moi. Je te jure, ça va te paraître con, mais j'ai peur. Vraiment peur.

Je ne veux pas le dédouaner des soupçons qui pèseront plus tard sur lui au cours de séances de massage, mais à ce moment-là, il aurait pu déposer cent plaintes pour harcèlement. Mais ça fait partie du paquet-cadeau. La délation, la suspicion sont inévitables pour toute ambition réalisée.

C'est la nature humaine.

De ses débuts sur scène sous mon aile en 1985 à aujourd'hui, je n'ai croisé Patrick qu'épisodiquement. Non qu'on ait voulu cet éloignement, mais la faute au tourbillon professionnel qui a emporté chacun de nous. Mais chaque fois qu'on s'est retrouvés, on s'est étreints longuement. Chaleureusement. *In memoriam.*

Ma dernière photo à ses côtés a été prise dans les loges du Stade de France, à l'occasion de l'ouverture de la Coupe du monde de rugby. Sur son visage, on voit les marques du temps. L'ordre des choses. Mais j'ai zoomé sur le regard. Il est exactement le même que la première fois, lorsqu'il a surgi dans ma loge du théâtre de verdure de Nice. La même étincelle. La même passion. C'est bon signe.

Dans notre métier, il est cent fois plus important de bien finir que de bien commencer.

Il finira bien.

Pour être tout à fait honnête, je ne m'enorgueillis de rien pour Céline et Patrick. J'ai été important mais pas essentiel pour eux. Juste une passerelle. Même sans mon accompagnement du début, je pense sincèrement que leur carrière aurait été la même. Notre petit bout de chemin ensemble a été merveilleux. Mais en toute humilité, mon petit coup de pouce n'a pas changé grand-chose au tempo de leur ascension vertigineuse.

Ce n'est pas tout à fait le cas pour Albert Dupontel. Le SMS qu'il m'a envoyé le 13 mars 2021 après avoir été sacré par les césars est parmi ceux qui me sont le plus précieux :

Tout vient de toi, il y a trente ans ! Tu m'as sorti de ma chambre de bonne pour me permettre de m'exprimer. Biz mon Sebastos.

Mai 1990. 20 heures. Paris, rue Marbeuf.

Je m'apprête à quitter le siège de ma société de production télé pour voler vers mon Lot chéri. Arrivé sur le trottoir, je m'aperçois que j'ai oublié mon paquet de cigarettes. Je remonte à l'étage, agacé. Mon bureau est un foutoir. L'étagère déborde de cassettes. Pour la plupart, des images d'humoristes ou de chanteurs inconnus de qualités très inégales. Mon émission *Sébastien c'est fou !* cartonne. Un passage devant dix millions de téléspectateurs assurerait à un débutant une exposition exceptionnelle. Alors, chaque semaine, je reçois des sollicitations nouvelles.

J'appelle Kido, mon bras droit, mon indispensable, ma précieuse.

— Débarrasse-moi tout ça ! Faites-moi une présélection. Je jetterai un œil un de ces jours.

Elle empile les cassettes dans un carton plus qu'à ras bord et se dirige vers la sortie. Au moment de passer la porte, il y en a une qui tombe.

Elle sourit :

— C'est peut-être un signe. Commence à jeter un œil sur celle-là.

— J'ai pas le temps.

— Mais si. De toute façon, le périph est bouché. Et si je te fais un café ?

— OK.

Le hasard. Le destin. Le préécrit, une fois de plus. Comme quoi les embouteillages, l'addiction au tabac et la caféine ne produisent pas que des effets négatifs. Attention, je n'encourage pas, je raconte !

La cassette était pourrie. Un son et une image de piètre qualité. Un mec en tee-shirt blanc éructait, en racontant le dernier *Rambo*. Scotchant, original, étonnant, puissant. À la fin de la démo, j'ai battu le rappel des assistants encore présents pour le voir une deuxième fois avec eux. Tous morts de rire.

Kido m'a dit :

— Ce type, il faut que tu le produises.

— Mais, j'ai jamais produit quelqu'un.

— Il faut un début à tout. Pour moi c'est un génie !

Je ne te fais pas la chronologie précise de l'histoire ce serait trop long. Juste des flashs.

En rembobinant le vieux magnétoscope d'où tout est parti.

Rewind.

Play.

Première rencontre. Il sort du théâtre élitiste de chez Vitez, je bosse pour Bouygues. Improbable. Mais ça matche. Je gagne bien ma vie. Il a tout juste de quoi manger. Du dentifrice sur du pain parce que, paraît-il, ça coupe la faim ! Premier passage télé. Premier petit théâtre. Vingt personnes dans la salle. Deuxième théâtre. Bouche à oreille. Le public se bouscule. L'Olympia à guichets fermés. Et puis les tournées en province. Triomphales. Ça sent la star.

Mais stop. Déjà ? Eh oui !

À peine deux ans après notre rencontre, Albert est au top de la popularité. Il a inventé un style que copieront beaucoup des humoristes à la mode aujourd'hui. Mieux, pour certains, c'est « The » référence. Un dieu du one-man show. Et ce jour-là, « Dieu » décide d'aller poser ses fesses sur un autre nuage.

Il me dit, intransigeant :

— J'arrête la scène, Patrick.

— Ah bon ! Tu sais que les réservations, c'est de la folie. Tu peux encore remplir les salles pendant dix ans minimum.

— Je m'en branle !

J'ai sorti l'argument qui d'habitude fait toujours mouche :

— Et le pognon qui va avec ?

— Je m'en fous encore plus. Je suis un artiste pas un banquier. Et puis, je t'ai toujours dit que je ne passais par ça que pour faire du cinéma. C'est le moment.

— Le public ne va pas te manquer ? Le frisson des *standing ovations*, c'est quand même un putain d'orgasme !

— Non, ça va. J'ai assez joui. En plus, ces derniers temps, à peine je rentrais, ils rigolaient alors que j'avais encore rien fait. Ça me gave. Pour moi le succès doit se mériter à la sueur.

— T'es con des fois !

— Non, je suis con toujours. Les émissions de télé, les paillettes, je l'ai fait, mais franchement, c'est pas mon truc. En plus, en coulisses, ça pue l'égo, la frime, la lèche, le néant.

— T'as pas tort.

— Je ne suis pas fait pour leur monde.

— T'es fait pour lequel, alors ?

— Le mien. Sans concession. Je les ai bien matés, tous les serviles qui grouillent dans ce milieu-là. Le dos courbé pour cirer les pompes. C'est la muraille d'échines. Alors sans moi ! Je préfère ne plus exister bien droit que vivre tordu.

— Je te comprends.

— Je te demande juste une chose. Mes images de comique, tu ne les montres plus.

— OK ! On se tape dans la main ?

— On se tape dans la main.

Qu'est-ce que j'aime ce mec !

Bien au-delà de son talent immense. C'est un vrai de vrai. Un pur. Je t'ai expliqué plus haut que l'argent, le pouvoir et le sexe, c'était le trépied de l'ambition. Pour lui, c'est du bois vermoulu.

Son ambition, c'est de faire. Créer. Mettre en images sa violence cachée et sa tendresse qui l'est encore plus. Et ce quels que soient le succès et les privilèges qui vont avec. Cet homme est d'une intelligence, d'une lucidité et d'une intégrité supérieures. Je te jure que je troque mille repas avec les plus évolués des gens de ce métier contre un seul avec lui.

On en a fait des dizaines, de ces repas hors du commun. En tête à tête dans le coin d'un petit restau après ses spectacles. On y parlait profond, violent, interdit. Inconciliables apparemment. Lui, enfant des undergrounds. Émergé des nappes du brouillard des produits illégaux. Intransigeant, révolté. Et moi, farfelu populaire. Fils des fêtes foraines et des vestiaires de rugby. Mais révolté pareil.

Il aurait aimé que je tombe le masque de carnaval. Que je fasse dans le dérangeant, l'engagé. Que je les secoue au lieu de seulement les distraire. Il m'assurait que j'en avais la capacité et le pouvoir. Il charriait ma bienveillance de Bisounours. Mon empathie populaire. Il aurait été ravi que j'échange mes tartes à la crème contre des boulons de douze à balancer à la gueule des salopards qui exploitent le petit peuple sans vergogne.

Il s'emportait :

— La société est un fût rempli de merde où les plus faibles sont enfouis jusqu'à la gueule. Il faut se battre contre ces enfoirés de pervers, de politiques et d'hyper-riches qui leur mettent des coups sur la tête pour les enfoncer un peu plus. T'es peut-être un clown, mais tu le sais bien, au fond de toi, que l'injustice est partout. Alors bouge ! Les paillettes ça anesthésie, les coups de gueule ça réveille !

Je lui opposais chaque fois le même argument :

— Je ne suis pas là pour leur imposer mes états d'âme les plus noirs, je suis là pour leur faire oublier les leurs.

Alors, on a continué chacun de notre côté. Chacun notre façon de communiquer avec le public. Chacun notre étiquette de valeur pour les critiques. Lui l'estimable et moi le mésestimé. Chacun notre autoroute. Lui dans le septième art, moi dans la gaudriole qui n'en est même pas un pour les officiels. Mais au plus profond de nous les mêmes sentiers buissonniers.

Un jour, un de ces journalistes imbus qui se soucient plus de leurs questions que des réponses lui a dit :

— Sébastien et Dupontel, c'est quand même une alliance pas très valorisante. Vous, Albert, vous êtes très éloigné du populaire vulgaire. Elle ne vous a jamais gêné cette association plutôt malvenue ?

Il a répondu :

— Pense ce que tu veux ! Ce mec est ce qu'il est, mais si un jour il tue quelqu'un, il pourra venir cacher le cadavre à la maison !

Le soir de la cérémonie des césars, il n'y était pas, bien sûr. Il n'aime pas plus que moi ces foires endimanchées de prime à l'égo. Sapés comme jamais, ils viennent récolter leur statue en or factice. La plupart du temps en récompense d'un film en haillons qui dénonce la misère du monde.

Comme m'a commenté un ami animaliste en les voyant arpenter le tapis rouge en smoking :

— Les papillons, c'est fait pour voler, pas pour s'accrocher en nœud à un col de chemise !

Tu les as vus ces séminaires pour docteurs ès cinéma dépositaires du serment d'hypocrite ? Avec tous ces funambules en équilibre entre l'orgueil et la frustration. L'extase du gagnant et le sourire forcé du perdant.

Un art, disent-ils ?

Mais y a-t-il des remises de prix pour la meilleure toile, la meilleure sculpture ? Chacun son enthousiasme, chacun son indifférence. L'excellence de l'un sera la daube de l'autre et inversement. Pour moi, l'art se ressent, il ne se labellise pas comme un Justin Bridou au concours du meilleur saucisson.

On est en plein dans le sujet de ce livre. Ces cérémonies-là ne récompensent pas le talent, mais l'ambition. C'est la fête du « Moi ». Une prime à la fierté qu'accordent les professionnels de la profession, après moult rancœurs et trafics d'influence.

Grand bien leur fasse !

Personnellement, je n'ai jamais eu le goût des podiums. Pour moi, la Légion d'honneur des vrais artistes ne s'accroche pas à la boutonnière. Les rires, les émotions et les bravos suffisent. Sans présumer de ce que pense Albert, je suppose que son jugement ne doit pas être trop éloigné du mien.

Pour preuve l'échange de SMS que nous avons eu le soir de son triomphe cinématographique aux césars auquel il n'assistait pas en personne.

J'ai demandé :

— Tu es où ?

Il a répondu :

— Au lit avec un bon livre !

C'est ça, Albert.

Chez lui, pas de poste de télé. Pas plus qu'il n'a d'écran à sa conscience. Ni à ses audaces. Entier, imprévisible. Quand on cherchait un théâtre pour son premier spectacle, il a fallu jongler. Au mieux, il s'était embrouillé avec le responsable, au pire, il l'avait emplâtré. Avec un argument massue, c'est le cas de le dire.

Presque à la Audiard :

— Un vrai con, ça se raisonne pas, ça se punit ! D'accord, le coup de pied dans les couilles, c'est pas très charitable, mais ça peut éviter qu'il se reproduise !

De la violence ? Si peu. Pour lui comme pour moi, la véritable violence, c'est celle que nous assènent les arrivistes, les prêts à tout. Les ambitieux sans états d'âme. Ces chiures de la planète qui à force de la violer, de pollution en conflits armés, finiront par la détruire. Albert est un ambitieux éclairé. Il aurait pu faire un excellent président de la République. Il n'est président que de la sienne.

Celle qui fait du cinéma.

Du vrai.

Avant de te parler dans le prochain chapitre de Jean, Dany, Corinne, Gilles et Jeff, je vais faire un break pour terminer celui-ci.

Tous les « bébés » que j'évoque ont grimpé au plus haut des marches du succès. D'autres ont fait ma première partie sans dépasser l'entresol. C'est le cas de la jeune femme qui dînait hier soir avec moi dans ma maison de Boulogne. Sa vie est une histoire hors du commun. Comme Céline, petite chanteuse débutante, elle connaîtra une renommée mondiale.

Mais dans son cas, indirectement.

Par procuration héréditaire.

12 janvier 2024. Boulogne. 20 heures.

J'ai écrit « jeune femme » par courtoisie. Patricia ne l'est plus tout à fait. Mais le charme est encore là. Les yeux bleu océan, élégante. Son visage a gardé la lumière de ses vingt et un ans.

Je lui dis avec nostalgie :

— C'était l'été 1982, je crois ?

Elle répond :

— C'est ça. Quel souvenir merveilleux, cette tournée avec toi !

Elle ouvrait ma première partie juste avant Pierre Bachelet. Trois petites chansons et puis s'en va ! Sa carrière ne décollera pas. On ne s'était pas revus depuis trente ans. Elle m'a contacté il y a quelques jours pour me faire passer un manuscrit. Une autobiographie intitulée provisoirement *La Lettre du pardon.* Au-delà de la belle écriture, un exutoire.

Et l'histoire avant tout d'une maman et de son enfant. Le bébé le plus célèbre des années 1990 : Jordy.

En quelques mois, la chanson *Dur, dur d'être bébé* avait tout balayé. Elle en avait écrit les paroles, et Claude, son compagnon, le père de Jordy, avait assuré les moindres détails de la production. Un succès phénoménal. Le petit bonhomme sautillait sur tous les plateaux télé. Tout était parti des discothèques, et, au bout de quelques semaines, la traînée de poudre avait mis le feu aux cours d'école. Ils étaient des millions à s'identifier au pitchoun au bandana.

L'œil de Patricia s'allume :

— Il a été premier dans les hits de seize pays. C'était de la folie. On est partis dans le monde entier. Les stars se pressaient autour de lui. Il a même fait un clip avec Travolta. Une vie de luxe. La maison à Miami, les limousines, les palaces.

— Bien joué. Bel investissement.

— Ah non, pas un investissement ! Parce qu'on n'avait rien prémédité. On s'est juste fait plaisir tous les trois. On espérait un petit succès, sans plus. C'est le public qui a tout fait. Ça, on ne peut jamais le prévoir. D'ailleurs, on a été les premiers surpris du raz-de-marée.

Énorme coup, donc. Presque unique dans les annales du show-biz français.

Voilà pour le clinquant. La façade. Mais l'envers du décor s'est délabré, hélas !

Très vite, il y a eu une sale suspicion qui s'est souvent transformée en haine. Un lynchage quotidien qui soupçonnait le couple de parents d'avoir sacrifié leur conscience sur l'autel du profit. Et encore, par chance, l'absence de réseaux sociaux à cette époque-là leur a sans doute évité le pire du pire.

Elle m'avoue :

— On disait que j'exploitais mon fils. Que j'étais la pire des mères. Il y a eu des émissions où on m'a huée. Je me faisais insulter dans la rue. Je pense que si ça avait été comme ça aujourd'hui, avec la cruauté des sites, je me serais flinguée.

Son regard s'assombrit et elle poursuit :

— Je te jure, Patrick, que je n'aurais rien fait qui aurait pu faire du mal à mon fils. Je l'aime plus que tout. Il était tellement heureux de chanter. À aucun moment je ne l'ai forcé à quoi que ce soit.

— Reconnais quand même que, pour un môme de cinq ans, ce genre de tourbillon médiatique imposé doit être plus que perturbant.

— Peut-être, mais j'étais sa maman avant tout. Je le protégeais. Et puis quoi ? Ses fans le couvraient d'amour et de cadeaux. Il ne calculait rien. Il était heureux, c'est tout. C'est si grave que ça de tout faire pour que son enfant vive dans un rêve ?

Pour moi, quand on prend de la hauteur sur ce phénomène, on peut attribuer ces attaques parfois démesurément cruelles à trois causes principales. D'abord la jalousie de ce métier. Se faire squatter les premières places du hit par un môme qui sautille sur de la dance de pacotille, ah non ! Les auteurs-compositeurs de « qualité » s'en flagellaient la rime riche.

On peut y ajouter les commerciaux envieux d'une manne financière qui leur échappait. Et puis surtout, dans la populace agressive, il y avait en sourdine une motivation inavouée. Beaucoup de parents auraient bien aimé que ce soit le leur, ce petit garçon qui aurait fait leur célébrité et leur fortune.

À défaut d'être invité au bal, on critique l'orchestre.

C'est la nature humaine. Souvent encline à s'indigner en place publique de ce qu'elle souhaiterait être dans l'arrière-cour.

Et l'argent alors ?

Là, on entre dans l'abus de confiance. Dans le concubinage pervers. Presque dans le fait divers.

Elle me donne sa version des faits :

— Pendant toute cette période, je n'ai manqué de rien. Le père de Jordy, dans son rôle de producteur, s'occupait de tout. Mais les bénéfices, j'en ai jamais vu la couleur. Jordy non plus. L'argent a disparu. Des millions d'euros volatilisés des caisses de la société de production et du compte bloqué de mon fils jusqu'à sa majorité. Claude a tout dilapidé en placements hasardeux.

Elle serre les dents au bord des larmes, et enchaîne :

— Je n'ai pas touché le moindre droit d'auteur. Pire, il avait demandé des avances à la Sacem. Quand j'ai réclamé mon dû, je me suis aperçue que c'est moi qui leur devais de l'argent.

Quand le miroir aux alouettes se brise, il faut marcher pieds nus sur les morceaux.

Peu à peu les liens du couple se sont distendus.

D'après elle, aveuglé par le « toujours plus », Claude voulait absolument imposer à Jordy des prestations que Patricia jugeait inacceptables. Voire dangereuses pour lui. Alors, il y a eu des différends, des scènes, des larmes et puis le pire : des violences.

Au bout de quatre ans, Patricia est partie, son Jordy sous le bras. Démunie. Pratiquement sans ressources. Finis, les châteaux, les palaces, les projecteurs. De l'extraordinaire au tout juste ordinaire. Et puis son chemin a croisé celui d'un bon Samaritain. Il s'appelait Jean. Je m'y arrête parce que c'est assez rare pour un banquier. Tu sais, ces gens qui ont plutôt l'habitude de ne prêter de l'argent qu'à ceux qui en ont.

Celui-là, ému par sa détresse, lui a dit :

— Je vais alimenter ton compte et remplir ton frigo.

Preuve que tout peut arriver, même l'inimaginable. Elle lui a demandé :

— Pourquoi faites-vous ça ?

— Parce qu'on ne sait jamais. Peut-être qu'un jour c'est moi qui aurai besoin que tu m'aides.

Jean est devenu son meilleur ami.

Boulogne. Minuit.

Après le repas, on s'est installés dans le canapé. Lumière basse. Confession très intime. L'autre chemin de croix de Patricia. Celui qui justifie le titre provisoire de son livre *La Lettre du pardon.*

Elle murmure :

— De six ans à dix-sept ans, mon père m'a violée.

— Souvent ?

— C'était régulier. Dès qu'on était seuls. En fait, il ne m'a réellement violée qu'une fois. Mais, le reste du temps c'était tout comme. C'était des attouchements. Ou il me forçait à regarder des revues pornos pendant qu'il se masturbait.

— Pourquoi tu n'as pas parlé ?

— J'avais peur. Il me mettait un couteau sous la gorge en me menaçant, si j'osais le dénoncer, de me tuer mais aussi de tuer ma mère et ma sœur. Et puis, toutes celles à qui c'est arrivé le savent, je culpabilisais. C'est pas normal, je sais, mais on n'y peut rien, c'est comme ça.

Je n'irai pas plus loin dans les détails sordides. Ni dans la description de tous les autres sévices que Patricia a subis tout au long de sa vie amoureuse. Il y a des femmes comme ça qui attirent les hommes violents. Comme une malédiction. Si le livre sort un jour tu sauras tout. Y compris la réponse complète à la question : Pourquoi le pardon ?

Pour faire bref, elle n'a pas pardonné les actes. Elle a détesté son père et, le jour où il est mort, elle a ressenti un vrai soulagement. Elle lui a juste pardonné d'avoir été le monstre qu'il était devenu presque malgré lui. Un ancien militaire que la guerre d'Algérie et les tortures qu'il avait infligées avaient rendu presque fou.

Elle m'a dit :

— Pardonner, c'était la seule façon de me libérer.

Ce pardon-là, je le connais bien. Je l'applique régulièrement. Il ne veut pas dire absolution, mais, quoi qu'il en soit, il exclut la vengeance. Elle ne s'est pas vengée. Elle a pardonné. À son père comme à Claude.

Et elle s'est libérée.

En l'écoutant se confier, j'ai repensé à une phrase de Gandhi :

Œil pour œil, et le monde finira aveugle.

Si tu es rongé par une quelconque vengeance, si justifiée soit-elle, penses-y.

J'écris aussi ce livre pour ça. Pour que tu adaptes peut-être à ta vie ordinaire les leçons que certains ont tirées de leurs expériences extraordinaires. Tu auras certainement peu de chances de vivre l'aventure hors norme de Patricia et de son petit. Mais les trahisons, les violences de toutes sortes qu'elle a subies pullulent dans notre quotidien. Si tu en es victime, sache qu'il existe une clé pour débloquer le corset douloureux qui t'enserre : pardonner pour se libérer.

Plus facile à dire qu'à faire.

Mais qu'est-ce que tu risques à essayer ?

Une dernière chose. Pendant tout notre entretien, j'ai vu parfois les yeux de Patricia légèrement briller, mais aucune vraie larme n'a coulé. Peut-être était-elle à sec pour en avoir trop versé. Ou plus sûrement parce qu'à ce moment de sa vie la fierté avait repris la main sur le désespoir.

J'ai lu dans son regard la satisfaction du devoir accompli. Sa mission de mère aboutie. Parce que aujourd'hui elle est en fusion totale avec son fils, qui la remercie de tout. Jordy est, à plus de trente ans, un garçon sain, équilibré, papa exemplaire de deux enfants.

Son enfance hors norme le prédestinait à une vie d'adulte chaotique. C'est d'ailleurs ce que lui pronostiquaient les bonnes âmes donneuses de leçons. Celles qui crachaient sur Patricia. Elle a su faire front aux critiques, aux sentences, sans jamais se départir de l'amour infini qu'elle avait pour son fils. Elle est bien loin d'avoir été une mauvaise mère. Comme elle a grandi à Marseille, je divaguerai en poète pour dire avec l'accent que peut-être la « bonne mère » a fait carbone.

La jeune fille qui rêvait, en première partie de mes spectacles, d'être chanteuse star a raté cette ambition. Mais elle en a accompli une autre : malgré les mille coups de poignard de la vie, elle s'est forgé une authentique bonne conscience et elle l'a gardée jusqu'au bout.

Et si c'était ça la plus humaine de nos ambitions ?

JEAN, DANY,

SHIRLEY, DINO, JEFF

26 février 2012. Martel, dans mon antre.

Il est très très tard, cette nuit-là. Avachi dans mon canapé devant ma télé, j'espère de tout mon cœur l'inimaginable.

Et l'inimaginable se produit :

— *And the Oscar goes to... Jean Dujardin !*

J'ai applaudi de bonheur. Et immédiatement, j'ai pensé à la frustration de la nomenklatura des comédiens français de renom débordants de fatuité.

— Comment ça !!! Lui ? Un plaisantin ? Le Loulou d'*Un gars une fille.* Le rigolo de la bande des Nous Ç nous. Mais quelle injustice ! La consécration suprême pour un ex-farfelu. Avant nous, les vrais comédiens. Quelle hérésie !

Au-delà de ma satisfaction pour Jean, tu ne peux pas imaginer à quel point j'ai été heureux de ce doigt d'honneur fait à l'imbécile suffisance de quelques-uns des plus hautains de nos acteurs français. En souvenir de ma participation, il y a longtemps, à une nuit des césars. En intermède humoristique. En coulisses, j'ai rarement ressenti autant de dédain. Mon ami Serge Lama, chanteur intermède lui aussi ce soir-là, était collé à moi, tout aussi isolé. Méprisé.

Deux parias.

Aujourd'hui, les choses ont changé. Les gens du show-biz sont plus que bienvenus pour agrémenter l'ennui de cette soirée d'entre-soi. Mais à l'époque, je te jure que la caste du septième art ne lançait sur les saltimbanques que nous étions que des regards condescendants. Alors, merci à toi, mon Jean, au-delà de ta récompense méritée, d'avoir apporté un peu de la respectabilité qu'on a si souvent refusée aux baladins ordinaires !

Flash-back.

Quinze ans avant l'oscar.

Le café théâtre s'appelait Le Carré Blanc. Accompagné de ma fidèle Kido, on chinait comme souvent. Brocanteurs ès nouveaux talents. Sur la petite scène, une bande de potes un peu fous. Des sketchs inégaux mais déjantés et efficaces. La salle était aux anges. Ils s'appelaient Joucla, Collado, Massot, Salomone, Dujardin.

Si quelqu'un s'était penché à mon oreille pour me dire :

— Tu vois, parmi ceux-là, il y en a un qui, un jour, sera sacré meilleur acteur du monde !

Je lui aurais sans doute répondu :

— C'est ça ! Et moi champion de boxe thaïe !

Kido aurait ajouté :

— Et moi Miss Univers !

En quelques jours, La Bande du carré blanc est devenue les Nous Ç nous. Je les ai embarqués chaque mois dans mon émission *Fiesta.* Une exposition devant des millions de téléspectateurs. Il y a eu la visibilité, bien sûr, mais aussi la tranquillité matérielle. J'ai toujours mis un point d'honneur à rétribuer largement les artistes qui ont travaillé pour moi.

Comme me l'a souvent dit Jean :

— Tu nous as fait bouffer pendant un an. Et ça, on ne t'en remerciera jamais assez.

Dans un petit coin théâtre fabriqué juste pour eux, ils balançaient trois ou quatre sketchs par session en toute liberté. À égalité de talent, ils parodiaient, déliraient dans l'absurde. Un vrai bonheur. J'insiste sur l'égalité de talent parce que pour moi rien ne prédestinait l'un plus qu'un autre au triomphe en solo. Il y avait surtout entre eux une amitié indestructible.

C'est à cette amitié que j'ai pensé très vite en regardant Jean brandir son trophée devant le Tout Hollywood.

Qu'ont-ils ressenti vraiment, les autres, à ce moment-là ?

De la fierté, évidemment. Mais sûrement aussi une légère frustration larvée qu'ils n'ont avouée à personne. Un « pourquoi lui et pas moi ? » sans aigreur malsaine. Juste mélancolique. Mais cela n'a rien changé à leur estime réciproque. Aujourd'hui, même de loin, ils restent liés. Sans la moindre jalousie pour le succès hors norme de l'un d'eux. Une rareté.

Nous naissons tous « égo ». Et c'est cet « égo »-là qui, la plupart du temps, détruit les « égaux ». Dans nos métiers artistiques, cet antagonisme a très souvent provoqué une brouille implacable dans les groupes. Presque une malédiction.

Abba, les Beatles, entre beaucoup d'autres, ont fini par se dissoudre. Soit pour des incompatibilités humaines ou financières. Soit pour des histoires de cœur. Yoko Ono a sérieusement éperonné le sous-marin jaune. Dans ce genre d'aventure, l'union sacrée du début résiste rarement au temps. L'ambition collective est pernicieuse. Elle peut être à la fois le starter et la panne.

Si le groupe Gold, star des années 1980, se reformait aujourd'hui, ils rempliraient des stades. Hélas, l'animosité entre eux est irréversible. Les membres des Gipsy Kings d'origine n'en finissent plus d'aller de procès en procès. Conflits d'orgueil, d'intérêts financiers. Et même si, parfois, pour ces intérêts financiers, on assure la façade, certains groupes parmi les plus prestigieux se haïssent en coulisses.

C'est le cas de Scorpions. Lors de leur venue dans mes *Années bonheur*, pendant leur chanson, ils semblaient complices. Souriants, unis. *Still loving you*, ce soir-là, a été le « je t'aime toujours » le plus insincère que j'aie connu.

Leur responsable nous avait imposé un cahier des charges intransgressible :

— On souhaite une chambre pour chaque membre du groupe dans un hôtel différent. Hors de question qu'ils se croisent en coulisses. Il faut des loges individuelles et éloignées. Ils ne se parlent plus. Ils se détestent.

Brassens chantait :

Le pluriel ne vaut rien à l'homme et sitôt qu'on est plus de quatre on est une bande de cons.

Par bonheur, l'instinct grégaire n'est pas dans ma nature. Que ce soit pour mes indignations ou mes ambitions. J'ai toujours mené ma carrière en solo. À supposer que l'union fasse vraiment la force, cela m'a sans doute affaibli. Mais ça m'a épargné bien des ingratitudes. Ces amnésies qui frappent ceux qui oublient les compagnons de cordée avec lesquels ils ont franchi les premiers mètres de l'ascension.

Parenthèse personnelle.

Au sujet de ceux qui m'ont fait descendre du manège alors que c'est moi qui leur avais payé l'entrée de la fête foraine. Sans les nommer, comme promis. Des humoristes, des chanteurs que j'ai plus qu'aidés en leur offrant mon soutien, des conseils et une exposition télévisuelle qui leur ont permis d'éclore.

L'ascension, le succès.

Et puis, quelques années plus tard, l'ingratitude.

— Non, Patrick, je suis désolé, mais ton émission, ça va pas être possible. Je te remercie de ce que tu as fait pour moi, mais aujourd'hui ce ne serait pas très bon pour mon image. Je suis passé à autre chose.

C'est arrivé assez souvent.

L'Alzheimer précoce est une maladie qui touche pas mal d'artistes. Quelquefois c'est leur nature, génétiquement ingrate. D'autres fois c'est à cause de l'emprise de conseillers, de producteurs avides. Mais comme s'il y avait une justice divine, le succès de ceux-là n'a été, la plupart du temps, qu'un feu de paille. Justice divine ou sixième sens du public qui finit toujours par démasquer les imposteurs. De Zorro à zéro il n'y a souvent qu'une sincérité d'écart.

Quoi qu'il en soit, ces « amnésiques » provisoires ont vite perdu de la hauteur. Et au moment de la descente, surprise :

— Allô Patrick, j'aimerais bien venir dans ton émission. Là, je rame un peu. Si tu pouvais me filer un coup de main, tu me ferais un beau cadeau. En souvenir de notre amitié du début.

Et tu sais quoi ? Chaque fois j'ai répondu oui. Et je l'ai fait. Sans tenir compte de l'avis de mes proches qui m'incitaient à la loi du talion. Pourquoi ? Parce que le cadeau était pour moi. Il éteignait définitivement la contrariété de cette ingratitude.

Encore et encore : pardonner pour se libérer.

Parenthèse fermée. J'en reviens à Jean.

De succès au box-office, en « Clooneries » publicitaires pour Nespresso, il est aujourd'hui un incontournable. Presque une légende. *What else !* Pour moi, il est plus que ça. Parce que le garçon est sain. Ses attaches familiales et son refuge permanent auprès des siens en toute simplicité l'ont mis à l'abri des dérives de l'autosuffisance.

Le succès, la fortune et en plus l'équilibre, ça veut dire une existence idyllique, alors ? Bien sûr que non. Comme pour tous les gagnants du gros lot, il y a eu le tribut à payer. Son couple avec Alexandra a explosé en vol. Très douloureusement. Le duel ne s'est pas fait à fleurets mouchetés. Un dégât et une fille !

Et puis, évidemment, triomphe oblige, la bête traquée. Quelques mois après son oscar, il s'était isolé dans sa maison du Sud. On s'est parlé au téléphone.

Moi :

— Putain, quel chemin ! T'es devenu une vraie star. Le nirvana. Ça doit te changer des cabarets minables et des piaules délabrées du début.

Lui :

— Oui et non.

— Tu plaisantes ? Me dis pas que tu regrettes les années de galères.

— Pour le confort, le bonheur de faire les films que j'aime et l'amour du public, bien sûr que non. Mais tout ça c'est presque trop.

— Ah, bon !

— Je peux plus faire un pas dans la rue sans qu'on se jette sur moi pour un selfie. Si je ne mets pas mon téléphone sur vibreur, les sonneries permanentes font plus de boucan que les cigales dans les oliviers de mon jardin. Ça n'arrête pas. Alors, si je veux être tranquille, faut que je me planque. En fait, je suis dans une prison dorée.

— Pourquoi tu te barres pas aux États-Unis ? Là-bas, on te foutra beaucoup plus la paix. Et puis cinématographiquement, le rêve américain ça a de la gueule !

Il a éclaté de rire :

— Tu me connais. Je suis français, et non seulement j'en suis fier, mais c'est mon ADN. OK pour la renommée. Mais loin d'ici, j'ai le blues.

C'est aussi ça qui me touche profondément chez cet homme.

Son ambition étalonnée à son bien-être. Et surtout, l'amour de son pays et le symbole que cela représente. Son sens de la mémoire et son attachement au patrimoine culturel populaire. Cocorico ! Dans une époque où il est de bon ton, au mieux, de déplumer le coq gaulois, au pire, de l'égorger, Jean, c'est la *french touch* dans toute sa splendeur. En parfait héritier de Bébel le Magnifique.

Tout ce que lui ont reproché les journaleux de *Libé* et leur clique de dictateurs bobos à l'occasion de la cérémonie d'ouverture de la Coupe du monde de rugby. Jean y déambulait en boulanger. Marcel et casquette. Le festif nostalgique deuxième degré s'est fait étriller. Une pluie d'insultes. « Sépia », « ringard », « odeur de naphtaline », pour les plus douces.

D'accord, elle était loin d'être rayonnante, cette cérémonie, mais de là à la massacrer de cette façon. Plus sur le fond que sur la forme, d'ailleurs. C'est ça qui m'a heurté le plus. L'âme des villages, l'artisanat, la simplicité, la mémoire, la France d'avant, pour eux ça sentait le moisi.

Ils ont titré : « La France rance ».

Ils auraient voulu quoi pour donner une image convenable du pays ?

Remplacer Vianney par Jul. Guy Savoy par un chef japonais vegan. Inventer une chorégraphie déstructurée sur du Vincent Delerm avec des danseurs transsexuels en collant et Wonderbra ? Le tout dans un décor de murs de banlieue tagués auxquels auraient été pendus des mannequins habillés en flics, cernés de voitures en feu pour dénoncer aux yeux du monde les violences policières ?

Un défilé de zadistes au milieu d'un champ de pavot géant ? La chanson des demoiselles de Rochefort, *Nous sommes deux sœurs jumelles*, interprétée en duo par Mathilde Panot et Sandrine Rousseau à l'ocarina en plastique recyclable ? Et, pourquoi pas, la lettre de Jean Moulin récitée par Yann Barthès juché sur une poubelle de tri sélectif ? Et pour finir le spectacle en apothéose, un feu d'artifice de quinoa fluorescent sur le dernier opus d'Yseult ?

Au train où vont les choses, va savoir si la cérémonie d'ouverture des Jeux olympiques ne ressemblera pas à ça ? Vu qu'en sous-main, je sais que Delphine Ernotte et Anne Hidalgo sont penchées sur le berceau du bébé à venir. Les Carabosse de la bien-pensance ont bien plus d'influence que l'on imagine. Est-ce un bien ou un mal ? Je ne sais pas. Quoi qu'il en soit, c'est une dictature masquée qui, à mon avis, ne manquera pas d'envoyer aux oubliettes les goûts de la France profonde.

Suis-je visionnaire ? Pour l'instant, toi seul le sais.

Je sais bien, en écrivant ça, que le mépris que ces gens ont pour moi va encore monter d'un cran. Quelle importance ! De toute façon, ils m'ont classé beauf définitif inculte et vulgaire sans l'ombre d'une nuance. De plus, il y a peu de chances que mes écrits, de basse-fosse pour eux, arrivent jusqu'à leur tour d'ivoire. Une raison de plus de me lâcher.

Mon attachée de presse essaie de me retenir :

— C'est pas très malin. Tu te prives d'un éventuel papier dans cette presse-là. Et qui te dit qu'il serait négatif ? Il y a aussi des gens bien chez eux. Si on veut une bonne promo quand ce livre sortira, il faut peut-être éviter de jouer les Don Quichotte.

— Non, pas Don Quichotte. Plutôt Cyrano. Donc, comme dans la tirade des « Non merci », je me contrefous de ne pas être dans les « petits papiers du Mercure François ».

— Ah, ça c'est bien ! Ça leur prouvera au moins que tu as de la culture.

— C'est pas de la culture. C'est ma nature. Et si j'ai à prouver quelque chose, ce n'est qu'à moi. J'ai déjà du mal à me convaincre moi-même que j'ai raison, alors je ne vais pas perdre de temps avec les autres !

Dont acte.

Comment peut-on encore s'appeler *Libération* quand la raison d'exister de cette presse ne consiste qu'à cadenasser toute pensée qui ne serait pas la sienne ? La vraie libération est d'adouber les résistants, pas de les fusiller. Jean, moi et tant d'autres sommes des résistants. Pas des Jean Moulin, c'est sûr. Mais au moins des francs-tireurs.

La France est aujourd'hui sous le joug d'une dictature intellectuelle qui conchie les gens d'en bas, leurs valeurs simples, le bon sens et la raison. Et ne viens pas me parler de populisme ou d'extrême droite ! Jean s'est d'ailleurs opposé avec fermeté à *Valeurs actuelles* qui avait récupéré l'affaire du Stade de France.

Alors que les gaucho-wokistes intolérants aillent se faire foutre !

Les rugbymen et les buveurs d'apéros ne sont pas des fachos. Pas plus que les amateurs de barbecue et de coït joyeux ne sont des porcs. Pas plus que les gamins qui s'éclatent en teuf sur *Les Démons de minuit*, *Les Lacs du Connemara*, ou même mes *Sardines* ne sont des tocards englués dans les préférences de leurs parents ringards. Pas plus que ne sont des blaireaux les simples gens réfractaires aux leçons de morale, aux violences de trottoir insuffisamment réprimées, à l'endoctrinement religieux et à l'inclusion intégriste.

Aujourd'hui, il y a deux France. Celle que la bien-pensance méprise n'est certainement pas la plus méprisable. J'ai choisi mon clan et en aucun cas je n'ai à avoir honte d'être ce que je suis.

Avec une de mes devises que je t'encourage à me voler chaque fois qu'un jugement hautain te dépréciera :

Je n'autorise que mon regard dans la glace à juger de ma dignité.

Pour en terminer avec Jean, un de mes premiers échanges avec lui :

— Tu t'appelles comment déjà ?

— Jean Dujardin.

— Y a pas plus français.

— On n'est jamais trop français !

Enchaînement de circonstance pour passer au suivant de mes « bébés » : Daniel Farid Hamidou, ça ne sonne pas franchement français. Mais même s'il n'avait pas changé de nom pour s'appeler Dany Boon, je l'aurais aimé autant que Jean. Et j'aurais eu le même coup de foudre. Comme quoi, hein !

Je ne vais pas refaire l'histoire en détail.

À peu de chose près, tu connais maintenant le processus. Je craque pour l'artiste débutant. Je décide de le prendre sous mon aile. Je le produis. Je le conseille. Je lui offre la vitrine de mes émissions de télé. Et il acquiert une notoriété. C'est ce qui s'est passé pour Dany. En quelques mois, la célébrité haut de gamme. Même si beaucoup s'entêtaient à l'appeler « Dany Boom ». Au passage, un lapsus révélateur de l'explosion de sa popularité.

Dany, au bout de deux ans, est parti voler de ses propres ailes. Les spectacles à succès s'enchaîneront. Et puis les films. *Bienvenue chez les ch'tis* va l'inscrire définitivement dans la légende. Trente ans après notre rencontre, triomphes après triomphes, il est un pilier indéboulonnable des métiers du spectacle.

Et, à l'instar de tous ceux cités précédemment, il ne manque jamais une occasion de déclarer :

— Je n'oublierai jamais de redire tout ce que je dois à Patrick. D'abord de m'avoir vraiment mis le pied à l'étrier. Ensuite, c'est le seul producteur qui ne m'a pas dit : « Je vais te montrer comment faire », mais : « Fais comme tu veux, toi. Je ne suis là que pour t'aider à le faire savoir. »

Au sujet de Dany, je m'arrêterai surtout sur le filigrane le plus important de cet ouvrage. Je l'ai déjà bien abordé, mais pour la circonstance, je voudrais l'approfondir. Le préécrit. Les circonstances inattendues, hasardeuses. Les synchronicités qui déterminent bien plus qu'on le croit nos chemins de vie.

Janvier 1993.

On me propose un spectacle en Belgique. À Rochefort, plus exactement. Un festival du rire qui aura lieu le 19 mai. J'en informe Olivier, mon essentiel.

Olivier, c'est mon ami d'enfance. Depuis 1978, il est à mes côtés. Secrétaire, garde-fou, chauffeur, régisseur. Avant tout, mon frère et demi. On a été élèves au lycée Cabanis à Brive ensemble, et puis pions dans un lycée agricole. Il est devenu comme un fils adoptif pour Maman quand elle tenait son snack-bar.

Olivier, c'est la confiance, la déconne, les outrances, la sécurité et surtout une fidélité sans faille. Il a tout connu près de moi. Les plus grandes extases, comme les pires drames. Mon seul véritable ami. Je n'en ai jamais eu d'autre de cette importance. Il n'a jamais raté un spectacle à mes côtés.

Mais ce jour-là, il m'annonce qu'il va y avoir un problème :

— C'est vraiment trop con ! Le 19 mai, j'ai promis d'aller à un anniversaire en Corrèze. Exceptionnellement, tu vas être obligé de te passer de moi.

Au début, je ne le prends pas très bien.

— D'accord, alors je ne ferai pas le spectacle.

— Sois pas con ! Je ne suis pas indispensable. Tu t'en sortiras très bien.

— Personne est indispensable, mais ça m'emmerde. J'irai pas sans toi.

Ridicule. Comme une scène de jalousie de vieux couple. On a boudé chacun dans notre coin pendant une heure et il est revenu vers moi.

— Écoute, si tu y tiens vraiment, je laisse tomber l'anniversaire. Mais c'est moi que ça emmerde.

Match nul.

On a encore un peu ferraillé pour la forme. Comme deux vieux coqs de basse-cour. Mais on s'aimait tellement qu'il aurait été hors de question que l'un ou l'autre laisse la moindre plume dans la bagarre. Finalement, j'ai accepté un peu à contrecœur de me passer de lui pour mon spectacle. Pour lui, aller à l'anniversaire, c'était une petite victoire avec un arrière-goût d'abandon. Re-match nul.

Il ne fera plus jamais de spectacle avec moi. Non que j'aie voulu le punir de sa petite désertion. J'en étais bien incapable. Ça aurait été tellement mieux. Au soir de ce 19 mai, il se tuera en voiture sur une route de la Haute-Vienne en allant rejoindre ses amis pour l'anniversaire.

À l'exact même moment, à mille kilomètres de là, caché en coulisses, j'assistais à un sketch de Dany. En première partie de mon spectacle défilaient des humoristes débutants.

Quand il est sorti de scène, je lui ai dit tout mon enthousiasme :

— Ce que tu fais est génial ! Ça t'intéresse que je te produise ?

— Bien sûr !

Tout partira de là.

Le préécrit alors ?

Le destin qui décide à la même heure d'une fin atroce et d'un début prometteur ?

Si j'en étais resté à mon premier caprice d'amitié, je ne serais pas allé en Belgique. Je n'aurais pas fait ce spectacle et je n'aurais pas rencontré Dany. Il aurait à coup sûr fait carrière quand même, mais combien de temps aurait-il perdu ?

Si j'avais accepté la proposition d'Olivier de venir avec moi en renonçant à l'anniversaire, il ne se serait pas tué. Aujourd'hui, sa Marie-Louise adorée et ses enfants pourraient profiter de lui. Quant à moi, je serais seul, comme je te l'ai confié au début, mais sans doute un peu moins.

Je persiste à croire que ces décisions m'ont été dictées par une puissance que j'ignore. Je ne me sens responsable ni d'un événement ni de l'autre. Mais cela renforce ma croyance dans l'inéluctable. Il reste toutefois une question à laquelle je n'aurais jamais de réponse : Qui est-il, ce maître des horloges qui impose son tic-tac à nos existences ?

Dieu ?

Si Olivier pouvait s'exprimer, en génie de l'humour noir qu'il a toujours été, il dirait certainement :

— Si c'est Dieu, ça veut dire qu'il est ch'ti. Parce que comme, dans ma vie, j'ai descendu plus de canons qu'un mec du Nord, il a dû vouloir éliminer la concurrence. Solidaire d'accord, mais enfoiré quand même !

Pour en revenir à Dany, les corollaires de la célébrité n'ont pas dérogé à la règle. D'abord une vie sentimentale chaotique. Ça va avec. Dans nos métiers, ceux qui ont vécu le succès dans un parfait équilibre amoureux sont des merles blancs. Séparations, bagarres de pensions alimentaires, remariage, adultères, promotions canapé, changement d'orientation sexuelle. C'est la panoplie amoureuse du people.

Pour Dany, trois divorces et cinq enfants. Recomposition obligatoire. J'ai suivi ça de loin. « De loin » est vraiment l'expression adéquate, lorsque je l'ai croisé avec sa Judith Godrèche dans les tribunes du Stade de France pour le concert de Johnny. Il m'a salué sans s'approcher. Il m'a semblé comprendre que, pour elle, il n'était pas tout à fait convenable de s'afficher avec un vulgaire animateur populaire.

Pensez ! Une actrice éthérée ne peut pas se mêler à la piétaille.

Dany me confirmera après sa séparation avec elle que mon impression était justifiée. Il s'en excusera. Eh oui ! Il y a aussi des hommes sous emprise. Il m'avouera qu'à cette époque il s'était laissé entraîner dans une vie qui n'était pas tout à fait la sienne. L'exil de luxe américain, l'omniprésence de la famille de sa dulcinée. Une autre animalité. Quand l'addiction amoureuse te transforme en toutou.

Ce fut une relation très liée à la race canine, d'ailleurs.

Il m'a confié :

— Au divorce, on m'a demandé de payer une pension pour le chien !

Vivement une autre SPA ! La Société protectrice des amoureux.

Voilà pour les sentiments.

Et bien entendu, pour Dany, il y a eu aussi les aléas de la fortune. Les deux étant parfois intimement liés. Ce n'est pas faire injure aux adeptes de la petite raquette que de dire qu'il y a plus de filles magnifiques dans les stands de Formule 1 que dans les vestiaires d'une salle de ping-pong. Un état de fait qu'en son temps Pagnol avait imagé de belle façon dans sa trilogie :

C'est pas parce que les lions sont plus beaux que les lapins qu'il faut que les lapines leur courent après en clignant de l'œil !

En l'occurrence, beaux comme Crésus !

Ah, l'argent !

Et ce satané bonheur que, paraît-il, il ne fait pas, mais auquel il contribue. L'occasion de disserter un peu sur ce rapport entre la richesse qu'apporte l'ambition accomplie et la félicité. La dualité la plus hasardeuse de cette ambition. Dany a amassé beaucoup d'argent. Bien mérité. Avec ses avantages : l'extrême aisance, le pouvoir. Et ses inconvénients : la jalousie, la suspicion de détournement fiscal, l'escroquerie. Il sera floué d'une somme conséquente par un employé qui rénovait son yacht.

Bien entendu, le bon Français, aigri de comptoir, renâcle :

— Tu parles d'un drame ! Est-ce que j'en ai un, yacht, moi ? Pour naviguer, j'ai que les rames. Et encore, de métro. On va pas chialer. S'il a des emmerdements, c'est bien fait pour sa gueule. Ça prouve qu'il y a une justice. Tous ces connards pleins de fric, il manquerait plus qu'ils soient heureux !

Heureux ! La belle affaire !

L'occasion d'une nouvelle synchronicité. Dany doit l'essentiel de sa fortune au succès colossal de *Bienvenue chez les ch'tis.* Le film qui a détrôné *La Grande Vadrouille* au box office national. Dans ce classique, Bourvil et de Funès avaient une conversation sur la fortune et le bonheur.

Tu ne t'en souviens pas ?

Normal. La séquence a été coupée au montage. Mais Gérard Oury m'en avait fait cadeau, à l'occasion d'une émission que je lui avais consacrée. Il avait perdu les images, mais le son a été conservé. La scène se passe dans l'auberge où les fuyards se retrouvent dans le même lit, traqués par les Allemands. Je vais t'offrir une partie du dialogue. Elle résume tout.

Stanislas, le chef d'orchestre (de Funès), et Augustin, le peintre en bâtiment (Bourvil), se confient.

Stanislas :

— Avec vos pinceaux vous gagnez combien ?

Augustin :

— Je joins les deux bouts.

— C'est bien.

— Vous trouvez ?

— Ah oui ! Pour vous c'est très bien.

— Et vous, avec votre musique, vous vous faites combien ?

— Beaucoup plus que vous évidemment. C'est énorme !

— Vous devez être heureux alors ?

— Non. Mais vous vous êtes un homme heureux.

— Pourquoi ?

— Parce que vous n'avez pas mes soucis. Les charges, les impôts. Le petit personnel, le gros personnel.

— Sapristi !

— J'ai trois voitures dont deux qui ne me servent à rien parce que je ne peux pas monter dans les trois en même temps.

— Sapristi !

— À Cannes, j'ai une énorme propriété, et une autre à Deauville. Eh bien, je ne peux pas aller dans les deux en même temps, ce qui fait que je n'y vais jamais.

— Sapristi ! Sapristi !

— Dites, vous n'allez pas répéter « sapristi » toute la soirée.

— Il faut bien que je dise quelque chose.

— Il y a d'autres mots. Vous avez « bigre », vous avez « sacrebleu », vous avez « diantre »... Mais dites-moi, dans le fond, moi qui possède beaucoup, on peut tout me prendre. Mais vous qui n'avez rien, on ne peut rien vous prendre. Donc, vous êtes un homme heureux.

— Vous avez peut-être raison... Mais j'y pense, à l'heure qu'il est, avec tout ce que nous avons fait, les Allemands vous ont tout pris.

— C'est pas possible ?

— Ben, diantre ! Vous n'avez plus rien. Donc, vous êtes comme moi, vous êtes un homme heureux.

Bourvil part d'un énorme rire, et de Funès s'effondre.

Pourquoi faire un long traité de philosophie ?

Tout est dans ce dialogue.

C'est l'autre mission du vrai cinéma populaire. La réflexion derrière le rire. Cette transmission de l'essentiel qui échappe si souvent à ceux qui ne voient dans les amuseurs que des rigolos de bas étage.

Bien qu'il soit monté très haut dans les tours, Dany est resté mon ami. Au-delà de ce lien mutuel, j'ai une réelle admiration pour l'artiste qu'il est. Le créateur. À travers ses sketchs et ses films, il est aussi un peintre de la société. Ses œuvres valent très cher. Mais je sais que son ambition ne s'arrête pas à la cotation. Son intime raison d'être est de jeter les couleurs de la vraie vie sur la toile d'une salle obscure. Pour détendre, mais aussi pour faire réfléchir.

Je suis fier de lui avoir fourni ses premiers pinceaux.

Pour te parler de Shirley et Dino, et Jeff Panacloc, je serai plus bref. Non qu'ils aient moins d'importance. Mais je ne voudrais pas te lasser en étant répétitif, donc fastidieux. Pas la peine de revenir sur les espoirs de débutants, les plaisirs de l'ascension et les pièges d'une célébrité trop contraignante. Avec Céline, Patrick, Albert, Jean et Dany je t'ai déjà décrit l'essentiel.

Et puis, il me tarde d'ouvrir le prochain chapitre dans lequel je te parlerai des « sulfureux ». Les ambitieux équivoques célèbres qui ont, pour certains, fait beaucoup plus la une des faits divers que du carnet mondain. Peut-être t'apercevras-tu que les pires ne sont pas toujours ceux que l'on croit.

Et surtout, je m'engage à te les raconter sans les à priori, et souvent la fausse image qu'impose la société médiatique. Avec ces « sulfureux », je te promets des intimités inédites. Parfois scabreuses, parfois cruelles, mais toutes authentiques.

Ça c'est du teasing !

Mais, avant de plonger dans la tourmente, encore un peu de ciel bleu.

Bleu pailleté.

Comme le rideau du cabaret *La Nouvelle Ève* dans lequel j'ai repéré Shirley et Dino. Corinne et Gilles, leurs vrais prénoms. Cousins à la scène, et mari et femme à la ville. Quand je les ai invités au *Plus Grand Cabaret du monde*, autour de moi peu de gens y croyaient. Trop kitsch, trop daté. Pour moi, une évidence. J'étais certain que ces deux-là feraient craquer la France entière. J'ai eu raison. En quelques mois, ça a été une tornade.

Le succès, la gloire, l'argent.

Tout ça, tu connais déjà. Ce qui m'interpelle dans leur cas, c'est la façon dont ils ont rangé définitivement leurs personnages de fiction, alors qu'ils avaient encore de longues années de succès populaire devant eux.

Des professionnels autour de moi me disaient :

— Ils tuent la poule aux œufs d'or. Tu devrais essayer de les convaincre de revenir sur leur décision d'arrêter.

— Non. Parce que c'est leur choix et que je le respecte. Et surtout parce que j'ai compris le pourquoi.

D'abord, ces deux-là viennent du vrai cabaret. Celui qui est cousin du cirque. Un monde aux antipodes du show-biz et de ses étoiles artificielles. Dans ce monde-là, on transpire, on se retrousse les manches. Shirley et Dino, qui au début s'appelait « Achille Tonic », sont de vrais enfants de la balle. Des héritiers de Pierre Étaix, des Branquignols. Dans leurs premiers spectacles, ils assuraient à la fois le show, la cuisine et le service.

Même avec l'immense succès populaire, qu'ils ne renient en aucun cas, ils n'étaient pas très à l'aise dans cet univers de faux-semblants. Et surtout Shirley et Dino bouffaient insidieusement Corinne et Gilles. Ils étaient de plus en plus réticents à endosser leurs costumes de scène. Alors, ils les ont rangés au placard. Avec sûrement, en sourdine, cette petite chanson de Gainsbourg dans la tête :

Fuir le bonheur de peur qu'il ne se sauve.

Avant l'usure. Avant l'ennui. S'échapper avant de devenir une usine à gags. Des robots de la vanne comme il en existe de plus en plus. Tu sais, ces nouveaux « comiques » qui, de stand-up en stand-up, ne sont que des machines à débiter des punchlines. Un œil sur le prompteur, l'autre sur le tiroir caisse. Diseurs plus qu'acteurs. Plus VRP qu'artistes.

Il paraît que c'est ça, le nouvel humour de qualité. Ben, merde alors ! Désolé pour la grossièreté. Mais, pour moi, l'humour de qualité se résume à une formule qui est ignorée par beaucoup des humoristes préfabriqués qui déferlent sur les estrades d'aujourd'hui :

Pour que ça fasse rire, il faut que ce soit drôle.

Je ne peux avoir que du respect pour l'intégrité de l'ambition de Shirley et Dino. Sacrifier le devant de la scène, les ovations et le profit pour être totalement en accord avec eux-mêmes, combien le feraient ? Peut-être ai-je aussi ce respect parce que j'ai eu moi-même bien souvent la tentation de saborder Patrick Sébastien pour redevenir Patrick Boutot. Mais sans jamais oser le faire.

L'éternel problème lié à l'ambition des artistes publics, c'est la dichotomie.

Le personnage de façade est en lutte perpétuelle avec celui qui se cache derrière. Une bénédiction pour les psys. Au mieux, cela suscite des contrariétés, au pire des dépressions qui peuvent tourner à la maladie mentale. Un sujet très bien traité dans le livre de William Goldman et son film éponyme *Magic.* L'histoire d'un ventriloque serial killer dont les pulsions sont commandées par sa marionnette.

Sans aller jusqu'à cette extrémité, je me souviens de la manière dont le ventriloque Michel Dejeneffe traitait sa marionnette Tatayet. Celui-là aussi, je l'avais pris sous mon aile pour l'emmener des petits cabarets à l'Olympia et à la télévision. Un soir, je l'ai vu jeter la bestiole tout en poil avec violence dans sa boîte. Michel est un être adorable, sensible, que j'aime énormément.

Alors, je lui ai demandé :

— Pourquoi cette brusquerie ?

Il m'a répondu le plus sincèrement du monde :

— Parce qu'il est devenu plus connu que moi. C'est fou quand même ! C'est moi qui l'ai créé, c'est moi qui le fais parler et les gens se souviennent de son nom plus que du mien. Mais putain, j'existe aussi ! Alors, qu'il reste dans sa caisse !

Édifiant !

D'un ventriloque à un autre, c'est le lien idéal pour en arriver à Jeff Panacloc. Encore, certainement, une rencontre préécrite.

Dans les années 2000, mon ami Rémi Castillo organisait des soirées pour détecter les jeunes talents. En fait, le véritable premier responsable du phénomène Jeff, c'est lui. Dans une naissance, il ne faut pas oublier l'accoucheur.

Décembre 2008

Rémi m'appelle :

— Tu pourrais venir vendredi au théâtre André-Malraux à Gagny ? Tu verras, y a des mômes qui valent vraiment le coup.

— Désolé, j'ai un repas important avec un décideur pour une émission de télé. Une autre fois.

Le décideur a annulé au dernier moment. Grippe. Ou plutôt, virus diplomatique. Des amis communs m'ont appris par la suite que les microbes n'étaient qu'un prétexte. En fait, il n'avait pas vraiment envie de me voir. Une facétie de plus du hasard. Donc je suis allé rejoindre Rémi à Gagny. Et c'est là que j'ai découvert Jeff. J'ai apprécié. Mais je lui ai dit qu'il n'était pas encore tout à fait prêt.

Ils étaient beaucoup à piaffer d'impatience que je leur donne une chance à la télé. Mais montrer un travail non abouti n'est jamais un cadeau. C'est même le contraire. Je sais que certains m'en veulent encore de ne pas les avoir choisis. Mais ce n'était pas dans mon intérêt, c'était dans le leur. Jeff, lui, a travaillé et travaillé encore. Deux ans ont passé et on s'est revus. Là, il était prêt.

Et, le 5 mars 2011, il faisait sa première apparition dans *Le Plus Grand Cabaret du monde.*

L'ascension a été astronomique. D'autant plus étonnante que, jusque-là, les ventriloques n'étaient susceptibles d'amuser que des petites salles de cabaret. Mais sûrement pas des Zénith de dix mille personnes. Ce sera le cas et ça l'est encore aujourd'hui. C'est mérité. Jeff a révolutionné cet art. En mettant dans la bouche de Jean-Marc, sa marionnette, les mots les plus fins autant que les plus crus.

Dans les coulisses de France 2, quelques larbins de la direction s'en offusquaient :

— Quelle vulgarité ! Il y a beaucoup d'enfants qui sont attirés par la marionnette. Vous ne pouvez pas cautionner ça, Patrick ! Ce n'est pas le rôle d'un service public de propager de tels propos.

Ben voyons !

Plus on me demandait de l'aseptiser, plus je l'encourageais :

— Laisse tomber, Jeff. Les gens se régalent. Dis ce que tu veux, et surtout comme tu le veux. S'il y a des emmerdements, c'est pour moi.

Sûr qu'une partie de ces emmerdements me reviendront en boomerang quelques années plus tard. Cette indépendance libertaire a beaucoup joué dans mon éviction du service public. Mais je ne regrette rien. Chacun ses marionnettes. Pour rester dans le langage cru de Jean-Marc : je connais encore beaucoup d'animateurs qui pour sauver leur prime time acceptent d'avoir un bras dans le cul. Pas moi !

Jeff n'oublie jamais de me remercier chaque fois qu'il en a l'occasion. C'est même certainement, de tous ceux que j'ai aidés, celui qui martèle le plus qu'il ne faut pas oublier d'où on vient. Quoi de plus louable ! Mais moi, je sais que derrière cette reconnaissance récurrente et sincère, il y a autre chose de bien plus complexe. Une culpabilité non avouée.

Quand, du jour au lendemain, il m'a annoncé qu'il décidait de quitter *Le Plus Grand Cabaret du monde*, ça a été chaud. J'étais en colère. Parce que enfin quoi ! C'étaient ses prestations dans l'émission qui l'avaient fait passer en quelques semaines de cent personnes dans une salle à des milliers.

— Merci ! Alors maintenant que tu cartonnes tu nous plantes !

— Il faut me comprendre. Je veux exister autrement.

— Tu peux exister autrement et venir quand même de temps en temps.

— Non. Je ne te remercierai jamais assez, mais il faut que je coupe le cordon.

Il pleurait. À la fois pour moi et pour lui. Son nouvel entourage l'avait convaincu de passer à autre chose. De viser plus haut. Moi, je n'avais jamais encaissé le moindre centime sur son travail. Pour eux, la tirelire s'annonçait énorme. Elle l'a été. Ce qu'on appelle le prix de l'ambition. Pour l'artiste, celui que l'on paye en surmenage, en errances. Pour les autres celui qu'on encaisse en cash. Les vautours !

Pour atteindre les sommets, il fallait faire ce choix, si cruel soit-il. Avec le recul, même si c'était brutal, je pense sincèrement qu'il a eu raison. Mais au fond de lui, je sais qu'il s'en est voulu. Jeff est un hypersensible. Pendant des jours, je souffrirai beaucoup de cet abandon. Il a dû en souffrir au moins autant que moi.

Alors, une fois de plus, j'ai pardonné pour me libérer.

Aujourd'hui, je ne lui en veux pas une seule seconde. Je suis heureux de tous ses triomphes. On se voit de temps en temps. Je prends des nouvelles de lui sans qu'il le sache. Comme pour les autres, les revers de la médaille ont parfois été durs à vivre. Son parcours sentimental a été sinueux. Et sa double identité si particulière doit encore chaque jour susciter en lui des interrogations métaphysiques auxquelles il n'est pas évident de répondre. Surtout si c'est à la question :

— Entre Jeff et Jean-Marc, qui est la marionnette de l'autre ?

Silence de Jeff. Réponse de Jean-Marc :

— Ça, c'est bien une question de trouduc !

Un dernier détail. Encore une synchronicité. Elle concerne le prénom du décideur qui a décommandé son repas avec moi un soir de décembre 2008. Sans son faux bond, je ne serais pas allé à Gagny et je n'aurais pas connu Jeff… Il s'appelait Jean-Marc.

Voilà !

Je ne m'attarderai pas sur les divers coups de pouce informels que j'ai donnés à tant d'autres. De Muriel Robin aux Inconnus. De Nicolas Canteloup aux Bodin's. De Christelle Cholet aux Chevaliers du Fiel. Sans oublier ma petite dernière, Sarah Schwab, une imitatrice hors norme. Je suis autant heureux de leur succès qu'ils me sont reconnaissants de les avoir aidés à l'obtenir.

Ma rencontre avec eux était-elle programmée par le destin ? Tu as compris maintenant que c'est ce que je pense fortement. Alors, un message personnel pour toi, si tu es tout au début de tes ambitions artistiques :

— Ne te décourage de rien. Patiente et travaille. Si un coup de chance doit arriver, il arrivera. C'est écrit.

Mais sois conscient que ce métier est une arène. Elle brille de mille feux. Il y a de la musique, des couleurs, des vivats. Olé ! Mais elle est dangereuse. Mike Brant, Dalida, Cloclo, Coluche chez nous. Whitney Houston, Elvis, Marilyn, Michael Jackson ailleurs. Et tant d'autres en habit de lumière. D'accident, d'overdose ou de chagrin, en fait, ils sont tous morts d'un coup de corne. Alors, avant de quitter le toril, écoute le conseil bienveillant d'un vieux toréador qui a survécu à cinquante ans de faenas :

— Prends garde à toi !

Une dernière chose avant de passer au chapitre suivant. L'arène, la faena, l'air de Carmen, encore une fois, comme très souvent dans mon écriture, j'ai abusé de la métaphore. Sûrement la réminiscence de mon application d'écolier. Quand on travaillait bien, l'institutrice nous donnait une image. Aujourd'hui, les images, c'est moi qui me les accorde en récompense.

Il est six heures du matin. J'ai fait douze heures d'écriture. J'ai bien travaillé. Mon institutrice serait fière de moi. Comme je suis fier d'elle et de la leçon essentielle qu'elle m'a inculquée :

Certains d'entre vous auront plus de talent que d'autres, plus de chance. Mais sachez que sans un travail acharné, vous n'irez jamais au bout de vos ambitions.

Avant tout, il faut bosser sans relâche.

C'est pour toi. C'est cadeau.

LES SULFUREUX

BERNARD, SILVIO,

GÉRARD, MICHEL,

ALEXANDRE, DIEUDONNÉ

Personnage sulfureux.

Définition.

Pour le Petit Robert : qui choque la morale sociale. Une personne ayant mauvaise réputation, dont les actes et les paroles sont réprouvés. Pour le grand Robert, la petite Lulu, la grosse Corinne ou le vieux Marcel (c'est-à-dire un quidam ordinaire), un salopard officiel. Mais qu'on ne déteste pas complètement. On s'indigne bien sûr en surface. Mais en secret, parfois, il y a cette petite musique en sourdine :

— Moi aussi, j'aimerais bien de temps en temps traverser en dehors des clous !

La liste de ces célèbres ambitieux mis à l'index par la bonne société est infinie. Pour être exhaustif, dix tomes n'y suffiraient pas. J'en ai choisi huit parmi les plus représentatifs pour moi.

Mais par lequel commencer ?

Le lamentable Gérard Depardieu dont on devrait brûler les films en place publique ? L'infâme magouilleur Bernard

Tapie ? Le maffieux Silvio Berlusconi ? Le facho Michel Sardou ? Le tortionnaire Alexandre Benalla ? L'infect Dieudonné, banni des médias ? Le pervers Dominique Strauss-Kahn, violeur de soubrettes ? L'horrible Serge Gainsbourg, alcoolique enfumé, le pire exemple pour la jeunesse ?

Ah, les salauds !

Tu te doutes évidemment que je ne cautionne pas tous ces jugements de valeur. Je me suis juste fondu dans le très discutable langage procédurier des réseaux sociaux et des médias accusateurs. Le problème, lorsqu'on recouvre les gens de boue, c'est qu'on ne distingue plus leurs véritables traits. Alors, je vais essayer de mettre un coup de jet d'eau. Pour les débarbouiller, comme disait ma grand-mère.

Ce qui ne veut pas dire les dédouaner de tout. Loin de là. Juste les rendre plus lisibles à tes yeux. Pour aller, en toute objectivité, au-delà de la panoplie de détestables dont on les a affublés. En notant au passage que, pour les petits salopards anonymes des réseaux, c'est toujours déculpabilisant de dénoncer une célébrité prétendue plus dégueulasse que soi.

Parce que, d'accord, ceux-là ont beaucoup de choses à se reprocher. Mais, avant d'être coupables, ils sont victimes de leur soif de réussite. Que leurs fautes aient été commises au nom du sexe, de l'argent ou du pouvoir. Le fameux trépied de l'ambition. En la circonstance, celui de la chaise de condamné sur laquelle les défenseurs de la morale les ont assis.

Il ne s'agit pas pour moi de les acquitter. Je veux juste te proposer un portrait de chacun un peu plus nuancé. Sachant que je les ai tous connus personnellement, soit brièvement, soit bien plus intimement.

On commence avec Nanard.

« Guignolisé » comme tel. Tapie le hâbleur, l'arrogant. Le winner aux cent vies. Homme d'affaires mirifiques et scabreuses. Patron. Taulier sportif. Chanteur. Acteur. Homme politique. Animateur. On ne peut pas faire plus raccord avec ce livre que le titre de son émission télé : *Ambitions*. L'homme pressé. Ogre de vie. Camelot de la communication. Menteur charismatique donc.

« Banane », une grande gueule du vieux-port de Marseille, me l'avait imagé ainsi :

— Tapie, il t'emmène au bord de la mer et il te fait croire qu'y a pas d'eau !

Je regarde avec nostalgie la photo prise à l'occasion d'une des fameuses soirées blanches de Saint-Tropez. Ces fiestas people au cours desquelles le champagne et la bonne humeur coulaient à flots. Le luxe, les jolies filles, la musique, l'alcool, la fumée, les victuailles haut de gamme. *The place to be* en cet été des années 1980. Presque un pilori aujourd'hui. À en donner des boutons à Sandrine Rousseau. L'acné des méduses !

Sur la photo, tous en blanc, Johnny, Carlos, Quincy Jones, Bigard, Barclay, moi et, à l'extrême droite, Tapie. L'extrême droite, un anachronisme pour le ministre d'un gouvernement de gauche. Le plus farouche adversaire de Jean-Marie Le Pen, qu'il avait défié dans un duel homérique à la télévision. Profondément antiraciste. Ministre de la Ville. D'une autre ville. Juste au début des territoires perdus de la République. Marginaux, révoltés, mais pas encore barbares. Jusqu'ici tout allait bien. Ou presque.

Et aujourd'hui, la haine.

La vraie.

J'ai eu Bernard au téléphone un mois avant sa mort. Après le *home-jacking* dont il avait été victime. Les cambrioleurs les avaient défigurés à coups de poing, lui et sa femme.

La voix était blanche, usée.

— Tu te rends compte ! Ils ont frappé Dominique pendant un quart d'heure juste pour le plaisir. Une dame de soixante-dix ans. Les ordures !

— C'était qui ?

— Des Noirs et des Arabes, bien sûr !

— « Bien sûr », ça m'étonne de toi.

— C'est pas du racisme, et c'est tout sauf une généralité. Mais c'est la réalité.

Le sulfureux suspect d'aujourd'hui. Inexprimable sans risque d'opprobre. La peur de mettre des mots sur les actes. Tout ce qui fait que de plus en plus, pour la sauvagerie de ces actes, il n'y a pas de mots, justement ! Ubuesque, l'aberration des phalanges. Des coupables auxquels on passe la main dans le dos, et les victimes qu'on montre du doigt. Qu'est-ce qui est le plus préjudiciable à la société ? Les cris vengeurs des accusateurs publics ou le silence des lâches ?

Parenthèse.

Bien sûr que je la condamne, cette racaille. Comme je condamne le laxisme des pantins de la justice à son égard. Et aussi, tous ceux qui m'accuseraient de racisme là où il n'y a que de la lucidité. Avec un bémol toutefois qui me ramène aux mots de Jean-Jacques Goldman : *Si j'étais né en 17 à Leidenstadt.* Et l'introspection qui va avec :

Si j'étais né dans ces quartiers ghettoïsés, si j'avais subi l'abandon, le racisme, l'injustice, la précarité, l'embrigadement, serais-je pire ou meilleur que ces gens ? Honnêtement, je crois que je serais pareil. Une fois de plus, le dénuement n'est pas une excuse mais une explication.

Fin de la parenthèse.

Je me souviens d'un autre coup de téléphone de Tapie. Quand j'étais président de l'équipe de rugby de Brive. Une heure après notre sacre européen.

— Bravo, Patrick ! Champion d'Europe, c'est le plaisir suprême. Je crois même que de tout ce que j'ai réalisé, c'est le truc qui m'aura le plus fait jouir.

— Je te confirme, moi pareil.

— Avec quand même une vérité incontournable quand tu touches un sommet pareil.

— Rester humble ?

Il a eu un petit rire.

— Non. Tu vas voir. Les emmerdements commencent !

Il avait raison.

L'année d'après, je dégagerais. Victime de jalousies, de délation, de coup bas de toutes sortes. Enfin, pas dans les mêmes proportions que lui. Je n'ai jamais été justiciable pour quoi que ce soit. Mais nous avons vécu le même procès en sorcellerie. Celui qui condamne les ambitieux qui atteignent leur but. C'est le lot de tous les gagnants un tant soit peu flamboyants. Agaçants donc. Avec, conséquence inévitable, au mieux, un désamour qui s'accentue au fil d'une réussite insolente. Au pire, des accusations d'illégalité.

Pour Tapie, ces accusations ont été justifiées et punies. En prison, je le soutiendrai moralement. Des lettres. Des services à l'extérieur pour ses proches. La punition, il la vivait mal et bien à la fois. Loin de ceux qu'il aimait, c'était un calvaire. Mais, en consolation, il y a eu l'empathie et le respect des taulards. Même au trou, il restait le boss. Quand il est entré, ils l'ont applaudi. L'ovation des traîne-misère pour un milliardaire.

Stupéfiant !

Vu que la plupart d'entre eux étaient enchristés pour des histoires de came, c'est le mot juste.

Une symbolique qui pourrait illustrer tous les cas de figure que je développerai par la suite. C'est une loi incontournable des ambitions de la nature humaine :

On vénère ce qu'on voudrait être autant qu'on jalouse ce qu'on ne sera jamais.

Y a-t-il eu du préécrit dans le destin de Bernard Tapie, symbole de toutes les réussites dans les années 1980 ? Certainement. Le chemin entre le Petit Poucet de banlieue et le nabab doit être parsemé de cailloux blancs disséminés par une main invisible. Je n'en ai aucune preuve réelle. Toutefois, il existe une synchronicité étonnante. Elle ne concerne pas son ascension fulgurante, mais plutôt le début de sa longue descente pour cause de maladie.

Dans le film de Claude Lelouch *Hommes, femmes, mode d'emploi*, Tapie joue le rôle d'un homme auquel Pierre Arditi, médecin, annonce qu'il a un cancer de l'estomac. Dans la vraie vie, c'est de ce cancer-là que Bernard mourra. La coïncidence troublante se passe à l'aéroport de Nice. Il venait tout juste d'apprendre son cancer. En embarquant dans l'avion, le hasard l'a fait croiser Pierre Arditi auquel il a annoncé l'incroyable synchronicité. La réalité avait rattrapé la fiction.

Une autre synchronicité est que le mot « cancer » est l'anagramme de « cancre ». Sans incidence notoire celle-là, puisque malheureusement le sale crabe n'est pas réservé aux seuls mauvais élèves. Tapie a été un excellent élève de l'ambition, et un cancre de la morale.

Pas évident d'avoir pour l'homme un jugement définitif. Le mien, tu le pressens, n'est pas négatif. Il est surtout étayé par le privilège d'une confidence au hasard d'une des dernières conversations au téléphone. Toujours avec la voix blanche. Émouvant à m'en tirer des larmes. Sincère comme on peut l'être quand on aperçoit le bout de la route.

Je te livre l'essentiel :

— Je ne pouvais pas gagner la Coupe d'Europe en respectant toutes les règles morales, puisque les instances dirigeantes elles-mêmes ne les respectent pas… J'ai été impitoyable en affaires parce que ceux qui ne le sont pas n'en font jamais de très bonnes… Ma vie est ce qu'elle est. J'ai réussi même ce que j'ai raté… Ma seule vraie fierté, ce n'est pas la fortune ni la notoriété. C'est, malgré tout ce qu'on a dit de moi, d'avoir conservé l'amour des miens. Je ne me reconnais qu'une seule grave erreur : je n'aurais jamais dû faire de politique.

Pour conclure, c'est lui-même qu'il a vendu le mieux. Ça pourrait passer pour une synchronicité, mais c'est juste un jeu de mots.

Marchand de Tapie, donc.

Le pendant italien de Nanard, lui, n'a pas dû regretter d'en avoir fait, de la politique. Silvio la magouille. *Il Cavaliere.* Touche-à-tout lui aussi. Politique, médias, sport. Berlus… connard pour les uns, Berlusco… nul pour d'autres. Berlusconi quoi ! Tapie n'a été qu'une météorite à l'Assemblée. Autre dimension dans le cosmos du pouvoir, Silvio a fait sa planète de la *Camera dei deputati.* La Chambre des députés italienne en VO pour les Français monolingues.

Des années de politique de haut vol. Vol, c'est le mot, si on détaille toutes les affaires de corruption et de fraude fiscale. Sans compter le « Rubygate », un scandale national qui a balancé entre le libertinage et la prostitution. Quoi qu'il en soit, son règne sur l'Italie a dû assouvir l'essentiel de son ambition. Tiens, pour le plaisir, je vais te le faire à la Audiard :

— Le Béber, comment qu'il les a mis à sa pogne les ritals ! La botte à sa botte ! Faut dire que l'homme était rude, mais charmeur. Un osso bucco inversé. Bucco osso, moelleux à l'extérieur, dur à l'intérieur. Tous ses ennemis, il les a dispersés façon puzzle. Mais bon ! Tonton

Hippocrate, le flingueur, le taulier de la maladie, a fini par rétablir la justice des ordinaires. Façon pizza. *Pneumoni e leucemi !* Et retour au terminus des prétentieux pour le gugusse de Milan. *Come tutti !*

En mai 1987, je suis assis en face de Silvio dans ma loge du Casino de Paris. Il est impressionnant de séduction. Je ne reviendrai pas sur les détails de l'entretien que j'ai déjà raconté dans un livre précédent. Juste te dire qu'il était venu me démarcher pour passer de la Une à la Cinq, et que je garde un excellent souvenir de notre collaboration. Professionnelle autant que financière. Il m'a donné sa parole et il l'a tenue. Un extraterrestre dans ce milieu. Bon, il venait de la planète « Sa thune », mais quand même !

Pour me convaincre de signer, le filou en savait déjà beaucoup sur moi. Les fiches de mon entretien d'embauche, il les connaissait par cœur. DRH appliqué en plus.

Il m'a demandé avec un délicieux accent qui sentait bon la Toscane.

— Yé sais qué tou aimes les jolies filles. *Bella ragazza !*

— J'aime bien.

— Tou préfères blondes, brounes, russes ?

— J'ai pas de goûts particuliers.

Quand je suis arrivé à l'aéroport de Milan pour l'émission d'inauguration de la Cinq, elles étaient trois à m'attendre au pied de la passerelle. Une blonde, une « broune », et une Russe rousse. Si je te dis que je n'en ai pas profité, tu ne me croiras pas. Si je te dis que j'ai honoré les trois, tu vas penser que je me vante. Donc, pas de confidences croustillantes.

Je ne te livrerai que la seule phrase que j'ai dite en italien, ce jour-là :

— *Grazie mille Cavaliere !*

Un contrat mirobolant, des cadeaux sensuels, de quoi m'éclabousser ? Certainement pas. Je n'ai jamais participé à la moindre soirée « Bunga bunga », et j'ai été payé à la hauteur de ma valeur de l'époque. Grassement, c'est vrai. D'où venait l'argent ? Certains évoquaient une part de mafia. Je ne me suis pas posé la question. Pas plus que Jean-Pierre Papin ne se la posera quand le beau Silvio le recrutera pour l'AC Milan.

De toute façon, Maman m'avait ôté tout scrupule, en me rappelant le proverbe rural :

— À cheval donné on ne regarde pas les dents !

Et le préécrit dans tout ça ?

Pas vraiment de synchronicité évidente. Si ce n'est le poids du hasard au moment de choisir mon engagement. À ce moment-là, j'hésitais vraiment entre rester sur la Une ou aller sur la Cinq, dont rien ne garantissait l'avenir. La sécurité ou l'aventure. Finalement je prendrais une décision qui allait être déterminante pour mes trente années professionnelles à venir. Parce que c'est sur la Cinq que j'apprendrai à assurer tous mes shows du samedi et à gérer une boîte de production.

Ce jour du choix, tous les témoins présents dans la pièce n'en ont pas cru leurs yeux. L'enjeu financier était colossal. Jacques Marouani, mon associé dans l'affaire, penchait largement pour la manne hors norme que proposait Silvio. J'ai lancé :

— Désolé, mais j'ai des états d'âme. Je ne sais vraiment pas quoi choisir. Alors on va le faire à pile ou face.

Jacques a blêmi :

— Une fortune à pile ou face, tu plaisantes ?

— Pas du tout.

Il savait que quoi qu'il dise, je ne changerais pas d'avis. Alors il a proposé de mettre un papier dans chacune de ses mains. Dans l'une le chiffre « 1 », dans l'autre le « 5 ». Et il m'a tendu ses poings fermés.

J'ai tiré le « 5 ». Et on est partis sur la Cinq. Le vrai début de toute mon aventure télévisuelle. Un coup de pouce du hasard, donc ? Pas vraiment. Comme je n'ai jamais vu ce qu'il y avait dans l'autre main, j'ai soupçonné fortement Jacques d'y avoir aussi mis un « 5 ». D'ailleurs, bien des années plus tard, il m'avouera la supercherie.

Donc, tu te dis que le destin n'est pour rien dans ce choix. Pas pour moi. Parce que cette idée de tirer à pile ou face m'est venue subitement. Mais est-ce vraiment mon libre arbitre qui en a décidé ainsi ? Ou une force inconnue me l'a-t-elle suggéré ? De façon à me diriger exactement dans la direction que le destin avait déjà tracée pour moi depuis le début. De quoi te faire réfléchir une fois de plus à l'inéluctable. Tu as compris maintenant que je suis convaincu de son omnipotence.

Je ne cherche pas à t'en convaincre. Mais pour moi, cette façon d'aborder chaque orientation décidée à notre insu par le destin me permet de garder une sérénité dans toute épreuve. Qu'il s'agisse de deuils, d'échecs, d'accidents, de maladie. Si c'est écrit, pourquoi se ronger ? Pourquoi en vouloir aux autres ou à un Dieu hypothétique ?

L'acceptation de l'inéluctable est l'accès le plus fiable à la résilience.

Le destin à pile ou face, donc.

Dans le cas du personnage qui va suivre, c'est pile « et » face.

Docteur Jekyll et Mister Hyde.

Le dernier grand rôle de Gérard Depardieu. Quand soudain derrière l'ange on découvre un démon. Plus précisément, quand la statue indéboulonnable vacille après qu'on a dévoilé des dessous pervers. « Pervers » n'est pas tout à fait le mot. Mais, une fois de plus, c'est ce qu'en a renvoyé l'écho des réseaux sociaux et des parangons de moralité.

J'ai déjà effleuré le sujet dans un chapitre précédent, mais je souhaite l'approfondir. En te confiant du très intime. Parce que son cas est plus qu'ambigu. Et nous sommes très nombreux à ne pas participer aveuglément à l'hallali. OK pour les propos grossiers et pour certains inacceptables dévoilés à son insu dans l'émission *Complément d'enquête.* Mais de destitution de Légion d'honneur en interdiction totale de la projection de ses œuvres, je ne peux pas m'empêcher de me poser la question :

— Le châtiment est il vraiment proportionnel au crime ?

D'autres que Gérard, condamnés en justice pour les mêmes accusations, continuent à faire des films, ou encore à animer des émissions de télé sans aucune réserve de l'Arcom. Pour lui, le couperet a été instantané. Et ça, ça me froisse. Attention, en aucun cas je ne plaide pour l'immunité, bien au contraire. Mais c'est le deux poids, deux mesures qui me dérange.

Des condamnés, un présumé innocent. Les uns adoubés, l'autre blacklisté. Et quel blacklisté ! Un acteur légendaire. Un essentiel de notre patrimoine. Ne te méprends pas, cela ne justifie pas la moindre indulgence pour ses propos salaces. Il a dérapé, il en paye déjà les conséquences. Plus de films, l'infamie publique. Mais, c'est quoi la prochaine étape pour les intégristes de la morale : on lui coupe les couilles ?

La riposte évidemment :

— Enfin, Patrick, et les victimes. Tu y penses aux victimes ?

Bien sûr. Pour l'instant seulement victimes de mots et de comportements grossiers. Aucun attouchement avéré. Juste un faisceau de témoignages de son inconduite. Et chaque jour des accusations nouvelles sur parole. Mais toujours sans preuves indiscutables. Ceci dit, l'accumulation de mises en cause semble accréditer la réalité de comportements inacceptables.

Alors soit ! Lâchons les chiens et laissons-les le déchiqueter. Mais cela ne m'empêchera pas de regarder Cyrano avec admiration.

— Alors, tu sépares l'acteur de l'homme ?

Pas du tout. Et, dans ce genre de dérives, quel que soit l'acteur je n'accorde aucune circonstance atténuante aux actes de l'homme. Je me permets juste d'avoir autre chose que du mépris ou du dégoût. Dans le cas de Gérard, j'ai juste l'indulgence que j'aurais pour tout homme, même anonyme, puni au-delà de ce qu'il mérite.

Si, un jour, il est condamné, je serai totalement solidaire de la décision de justice. Mais pour moi, en l'absence, au moment où j'écris ces lignes, de démonstrations formelles de viol, son crime se résume à une phrase :

— Depardieu est lourd, très lourd.

Dans les deux sens du mot.

Et je t'en parle en connaissance de cause pour l'avoir porté sur mes épaules, fin bourré, à la sortie du 106, la première boîte libertine de Denise, le jour de la fin du tournage de *Début de soirée.* Je me permets de te citer le lieu, parce que ce soir-là, je ne lui ai pas vu tripoter autre chose que ses verres d'alcool. Sa filmographie éthylique : « Cyrano de Bergerac blanc » et « Le colonel chabrol » !

Pour le reste, le harcelé c'était lui.

Ah, elles en voulaient du Gégé ! Jusqu'à l'étreindre de force, lui passer les mains dans l'entrejambe. Elles auraient bien voulu l'aider à s'évader, celui qu'elles espéraient être le comte de « Monté Costaud » ! Ne t'offusque pas pour la trivialité. Dans mon propos, aucun mépris dégradant pour ces jeunes filles-là. C'est la règle du lieu. Elles venaient pour ça, consentantes et joyeuses. Ce soir-là Gérard n'a cédé à rien. Et pas sûr que c'était cela qu'il venait chercher dans ce prétendu endroit de débauche.

Sa quête, comme nous tous, chaque fois qu'on finissait chez Denise, c'était surtout celle d'un endroit chaleureux où l'on pouvait parler sans mettre de capote à nos phrases, si osées soient-elles. Caresser sans risque de plainte. Avec réciproque de la part de ces dames, cela va de soi. La parité du désir. Un partage consenti, pas la moindre imposition. Et puis autre chose aussi. On y cherchait le réconfort sincère de ceux qui se foutent de la célébrité. Ils sont si rares. Par bonheur, Denise faisait partie de ceux-là.

Elle m'a confessé :

— Combien de fois Gérard m'a demandé de le ramener chez moi pour dormir ? Juste dormir. Et surtout pour parler. À une amie neutre. Pour oublier ses doutes professionnels, ses problèmes conjugaux, la relation épineuse avec son fils Guillaume. Le dénouement dramatique, il le redoutait, en se demandant ce qu'il avait raté.

Elle a conclu en me disant :

— Tu sais, Patrick, Les monstres sacrés sont surtout des monstres de solitude. Et il n'y a de sacré que leur besoin d'amitié sincère.

Depuis le dérapage médiatique de Gérard, Denise m'a aussi donné son avis sur l'affaire. Elle est naturellement remontée contre la manipulation des images volées et surtout contre le lynchage. Mais elle m'a confié aussi son ressenti sur le fond même de ses propos. Ce ressenti a rejoint celui que son ancien agent et ami Jean-Louis Livi a glissé en douce à la fin de l'émission *Complément d'enquête.*

— Vu tout ce que ses excès ont imposé à sa santé, je ne pense pas que Gérard puisse jouer les Rocco Siffredi. Les grossièretés, les outrances, c'est peut-être sa façon de compenser avec des mots ce qu'il ne peut pas vraiment faire avec le reste.

Elle a ajouté :

— Des plaisanteries grasses, je lui en ai entendu balancer, c'est sûr. Mais pas plus que d'autres. Et j'ai vu que certains de ces autres font partie de la meute qui le démolit. Quelle saloperie ! Des mains au cul, il en a sûrement mis. Mais le seul geste que je garde de lui envers moi, c'est sa main au cœur.

J'ai salué la métaphore.

Et elle a terminé :

— Et puis toi, Patrick, il y a autre chose que tu peux comprendre mieux qu'un autre. Vous avez la même blessure ouverte. La mort d'un fils. Je ne dis pas que c'est une excuse à tout. Mais tu sais très bien le « rien à foutre de rien » que ça suppose. Toi tu as géré à ta manière. Raisonnable. Lui s'est laissé aller à tous les excès. Alors, une fois de plus ça n'excuse rien, mais ça explique.

Elle a raison, maman Denise. Ma gémellité de chagrin hors norme avec cet homme m'interdira toujours de le condamner totalement. Et tant pis si les féministes intégristes m'insultent pour cela. Quant à toi qui me lis à cœur ouvert, sache que dans ce genre de torture, on ne fait pas comme il faudrait. On fait juste comme on peut.

Et s'il arrive que ce « comme on peut » pousse à des dérives, on en accepte le prix à payer.

Même très élevé. Même trop élevé.

C'est moi qui l'écris, mais Gérard pourrait tout aussi bien le dire. C'est rose et noir à la fois. C'est atrocement optimiste et pessimiste :

Par bonheur, il ne peut pas y avoir pire que le pire.

Un ex-sulfureux à présent.

Je dis « ex » parce que le personnage est aujourd'hui tenu à l'écart de la vindicte médiatique. Tout au plus lui reproche-t-on gentiment d'être un boomer de droite. Le temps est loin où on le traitait de salaud de facho, et qu'on le menaçait régulièrement de lui faire la peau.

Michel Sardou.

Je vous parle d'un temps que les moins de quarante ans ne peuvent pas connaître. Au cœur des années 1970. En 1976 exactement, sa chanson *Je suis pour* a provoqué un énorme scandale. Cette année-là, Michel traînait déjà une image de nationaliste glauque après avoir rendu hommage aux « ricains » qui étaient venus nous libérer en 1944. La presse gauchisante avait détourné cette gratitude légitime en odieux prosélytisme pour la toute-puissance des USA.

Pensez donc ! En pleine guerre du Vietnam !

On l'avait aussi accusé de sexisme, pour les paroles de la chanson *Les Villes de grande solitude*, quand il hurlait :

J'ai envie de violer des femmes,
De les forcer à m'admirer
Envie de boire toutes leurs larmes
Et de disparaître en fumée.

Sur le papier, comme ça, c'est une incitation au viol. OK, mais problème. Ce n'était pas Sardou qui appelait au viol, c'était le personnage qu'il jouait dans sa chanson. Un contresens. Comme si on avait accusé Hallyday d'être un forcené assassin dans son *Requiem pour un fou.* Souchon de racisme quand dans *Poulailler song* il dit : « La djellaba, c'est pas c'qu'il faut sous nos climats. » Ou collé l'étiquette « nazi » dans le dos de Chaplin pour son interprétation d'Hinkel dans *Le Dictateur.*

Quelques années plus tard, Balavoine campera le même personnage de racaille des cités dans *Quand on arrive en ville* sans la moindre opprobre. Encore une fois, deux poids deux mesures.

Michel n'encourageait pas. Il dénonçait. Les accusateurs, trop heureux de se faire l'idole, avaient zappé le second degré. Même aujourd'hui, certains le lui reprochent encore en dépit de tout bon sens. Comme quoi l'adage sera toujours d'actualité :

L'intelligence a des limites, la connerie n'en a pas.

En ce qui concerne *Je suis pour*, ça ira bien au-delà de la connerie. Une fois de plus, heureusement que les réseaux sociaux n'existaient pas encore. La polémique a été dévastatrice. La chanson était un pamphlet pour la loi du talion. Un appel à faire sa vengeance soi-même. Le tollé qu'elle a provoqué est allé jusqu'à déclencher des violences dans la France entière entre les « pour » et les « anti ». Et pire, des alertes à la bombe dans chaque ville où Michel se produisait en concert.

Tu as volé mon enfant
Versé le sang de mon sang
Aucun Dieu ne m'apaisera
J'aurais ta peau tu périras.

C'est vrai que là, même si Sardou n'avait pas eu d'enfant assassiné, on comprenait bien qu'il endossait totalement le sens des mots. Et les titres fleurissaient dans la presse. « Facho ». « Salaud ». « Assassin ». Une cohorte de célébrités bien-pensantes, des politiques aux artistes, se sont joints à la meute.

Yves Montand, pourtant clairement de gauche, fut un des seuls à monter au créneau pour qu'on arrête le massacre. Parce que la réprobation était descendue dans la rue. Les manifestations contre Michel commençaient à prendre un tour inquiétant.

Besançon. Automne 1976

Le rêve s'est transformé en cauchemar.

J'étais tellement heureux de la faire, cette tournée. Deux ans plutôt, à Brive, pour moi c'était l'inaccessible. Je regardais Michel chez les Carpentier. C'était une de mes idoles du moment. Un intouchable. Et là, je suis dans ma loge, prêt à bondir sur scène, pour assurer sa première partie.

Quel pied !

Je vais faire l'imitateur devant une salle bourrée à craquer. Et après, j'irai me tapir en bord de scène pour me régaler de son tour de chant. De *Je vais t'aimer* qu'il va attaquer de la coulisse, à sa sortie triomphale sur les cuivres de *J'accuse.* J'aurai peut-être même le privilège de lui allumer sa première cigarette quand il descendra de scène. Elle est pas belle, la vie ?

On est partis en tournée depuis des semaines, et chaque soir sur scène je suis au paradis. Mais, aujourd'hui, à Besançon, c'est l'enfer. La violence est montée d'un cran. Dehors, c'est très très chaud. Encore plus que tous les autres soirs depuis le début de la polémique.

À Toulouse, on a rejoint la salle de spectacle entourés de CRS. Les manifestants ont lancé un cocktail Molotov. À Dijon, ils ont braqué la Mercedes de Michel pour piquer la recette du jour. Des alertes à la bombe à chaque concert. Et le pire, une vraie bombe artisanale dans les coulisses du Forest National à Bruxelles. Ce n'était plus une tournée, c'était la guerre.

Tout ça pour une chanson. Et la haine montée en épingle par les médias.

La vitre du Palais des sports de Besançon vient de recevoir des impacts à quelques mètres de moi. Des balles ? C'est ce qu'on croit tous. En fait ce sont des billes d'acier lancées à la fronde. Dehors ça crie, ça tape. Le bus des musiciens est caillassé. Les CRS font face à des surexcités armés de pioches et de boulons ! Jusque-là le « chemin des dames », c'était les groupies hurleuses en demande d'autographes. Là c'est la tranchée.

Verdun.

Je demande aux musiciens :

— Alors on y va ? On s'en branle des abrutis dehors. Et les fans qui sont dedans aussi s'en foutent. *Show must go on !*

Michel sort de sa loge. Voûté. Comme écrasé par le poids de la situation. Le regard est noir, entre colère et résignation. Le visage est tendu. Grave. Déjà que quand il esquisse un léger sourire, tu as encore l'impression qu'il fait la gueule, alors imagine ! Il est déçu, blessé, triste, épuisé. Il laissera juste tomber un laconique :

— J'arrête.

Alors, on a battu en retraite. Cet abandon forcé me marquera beaucoup. Il renforcera mon dégoût pour les indignations de groupe. Les révoltés occasionnels. Les hurleurs de slogans, les casseurs agglutinés. On en revient plus que jamais au Brassens déjà cité plus haut : « Quand on est plus de quatre, on est une bande de cons ! » D'autant que ces aboyeurs ne sont courageux qu'en meute. Des pitbulls à plusieurs, des chihuahuas en solo.

Illustration.

Ce soir-là, en nous échappant en voiture par les petites rues pour éviter la meute, on en a croisé un qui revenait du « combat ». Sa pancarte « Sardou facho » en bandoulière. Tout seul. Pas de bol ! On s'est arrêtés. Moi, deux musiciens et un road. Donc quatre. Pas plus. Le bon compte pour éviter d'être trop cons. Enfin, juste ce qu'il faut.

À l'époque, je n'étais pas encore suffisamment connu. Donc aucun risque pour la suite de ma carrière en cas de règlement de comptes anonyme. Et je t'avoue que ma carrure et mon passé récent de rugbyman m'incitaient plus à la baston qu'au dialogue.

On l'a entouré, et j'ai attaqué, méchant :

— Alors connard ! C'est toi qui m'as empêché de bosser ?

Il a commencé à trembler.

— De… de quoi vous parlez ?

— Je m'appelle Patrick Sébastien. Je passe en première partie de Sardou. C'est mon ami. Alors comme ça, vous voulez nous démonter à coups de pioche ?

Il a laissé glisser sa pancarte sur le trottoir et il s'est liquéfié :

— Mais non… enfin pas moi… J'accompagnais juste un copain… la pancarte, elle est à lui… je l'aime bien moi, Sardou.

— Répète ! Tu l'aimes bien ?

— Ben oui !

— OK, alors on va pas te taper.

Il a poussé un gros « ouf » de soulagement en essuyant la sueur sur son front.

J'ai enchaîné en souriant :

— Puisque tu l'aimes bien, tu vas ramasser ta pancarte.

— Pas de problème, je vais la foutre à la poubelle.

— Ça c'est sûr. Mais avant, tu vas la tenir bien haut et tu vas nous chanter *Mourir de plaisir*.

Il l'a fait. Tu la vois l'image ? « Sardou facho » brandi bien haut et la chansonnette romantique entonnée à pleine voix. Un vrai bonheur ! Comme quoi, une grande tarte dans la gueule ne vaudra jamais une bonne petite humiliation bien scénarisée.

Au-delà de l'admiration profonde que j'ai pour l'artiste et sa carrière exceptionnelle, j'ai des souvenirs plus qu'émouvants de Michel. D'abord la façon dont il m'a donné ma chance à ses côtés. Et puis son assistance matérielle, désintéressée et anonyme à la suite d'un accident de voiture qui aurait dû me coûter la vie pendant la tournée.

Et surtout des trésors d'amitié, bien rangés dans le Panthéon de ma mémoire. D'abord, ce mot qu'il m'a envoyé à la mort de Jacky, sa maman :

« Je sais que tu l'aimais comme une mère, alors je t'embrasse comme un frère. »

Et puis la chanson *Chanter quand même.* Un texte que j'avais écrit après la mort de mon fils.

Je l'ai appelé :

— Sébastien adorait tes lumières de scène. J'ai écrit un texte, je te le fais passer. Ça me ferait tellement plaisir si, même juste une fois, tu pouvais le chanter sous tes projecteurs.

Le lendemain il m'a rappelé :

— J'ai écrit la musique cette nuit. La chanson sera dans mon prochain album.

Elle est dans l'album du *Bac G.* Auteurs-compositeurs : Boutot/Sardou. Le nom de mon gamin collé à celui de son idole. Merci monsieur pour le cadeau posthume.

Nous nous sommes peu vus avec Michel depuis cette tournée. Je suis sa vie de loin. Ses sorties bougonnes à la télé. Il n'aime pas cette époque. Moi non plus. Mais comment ne pas être nostalgiques de notre liberté d'alors, de nos virées nocturnes ? Et surtout de nos quatre cents coups dont trois cent quatre-vingt-dix ne sont pas racontables sous peine d'excommunication. Donc, je n'entrerai pas dans les détails.

Je lâche le guidon, d'accord, mais je garde quand même les pieds sur les pédales !

Pour en revenir au cœur du sujet de ce livre, Michel Sardou reste pour moi l'illustration d'un des plus grands paradoxes de l'ambition : comment tout réussir au-delà de tout espoir sans réussir vraiment ?

Cet artiste est légendaire. Des dizaines de tubes. Il a tatoué la mémoire de plusieurs générations. N'en déplaise à Juliette Armanet, ses *Lacs du Connemara* font encore vibrer des milliers de mômes dont les parents ont peut-être été conçus avec *La Maladie d'amour* en fond sonore. Au moment où j'écris, il chante à quelques kilomètres de chez moi dans une salle bondée. Une ultime tournée d'adieu. Enfin peut-être, comme beaucoup, la dernière avant l'avant-dernière.

Il lui manque quoi alors ?

L'aboutissement de sa réelle ambition : être un acteur reconnu. Ce dont il a toujours rêvé. Il a joué au théâtre, bien sûr, quelques rôles au cinéma. Mais dans ses fantasmes de prince charmant, le conte n'y est pas. Le nom en haut d'une autre affiche. Le film inoubliable. Je suis sûr qu'il échangerait vingt disques d'or contre un seul césar. C'est fou de penser que la nature humaine, parfois, est inapte à se contenter de l'excellence.

— Tu ne finis pas ton caviar et ton Château d'Yquem ?

— Si ! Mais qu'est-ce que je donnerais pour une purée avec le petit volcan comme me faisait ma grand-mère !

Ah, les rêves d'enfants !

Quand tu as été élevé à Gabin, Ventura, Raimu, Gary Cooper, James Dean, pas facile à avaler d'être moins bankable au cinéma qu'un Kad Merad ou qu'un Franck Dubosc.

— Mais putain, Michel ! Depuis que Johnny, Aznavour, Brel, Ferré et tant d'autres ont lâché la rampe, tu es une des dernières légendes de la chanson. Et surtout tu as bien vécu.

— Oui, mais je ne suis pas mort assez souvent.

Les paroles de sa merveilleuse chanson *L'Acteur.*

Vivre et mourir en alternance
Porter un masque en permanence.

Passer sa vie à être un autre au gré des rôles. Va savoir, pour se fuir ? On y est en plein, dans ce carnaval des ambitieux. Au début de la fête, il a enfilé le costume de Michel Sardou. Et il lui va tellement bien que le public lui en refusera toujours un autre. Même avec tout le talent du monde, et il en a beaucoup, dans un rôle de flic ou de médecin, ils verront toujours Sardou, leur ami. Leur compagnon de musique depuis plus de cinquante ans. Leur star.

Eux peuvent largement s'en contenter.

Mais lui ?

Allez, on change de style de chanson :

Dominique, nique, nique !

Un gros dossier à venir. Je ne parle pas de la bluette religieuse de Sœur Sourire, dans les années 1960. Il s'agit, bien sûr, du loup-garou de New York. L'excité de la chambre 2806 du Sofitel ? DSQ.

Ah, il a fait fort, le bougre ! Un scénario à rendre jaloux Jacky et Michel. Si tu es resté sur le portrait d'avant, je précise que je ne parle pas des Sardou, mais des vedettes du porno. Ah, Strauss-Kahn ! Parmi les sulfureux, un champion hors catégorie. Il aurait mérité une médaille. Aux Jeux olympipes ! Et même dans la catégorie « ambitions brisées », un oscar pour son film : *Le Seigneur des anus.*

Ça, c'était pour le plaisir de la vanne. Je vais m'attarder plus sérieusement sur le sujet dans le chapitre suivant. Mais une parenthèse, auparavant, pour terminer celui-ci.

Deux amuse-bouche plus brefs avant le plat principal. Pour aérer. Deux sulfureux de moindre calibre. Sans aucun rapport avec Strauss-Kahn. Ni entre eux d'ailleurs, si ce n'est d'avoir défrayé la chronique judiciaire. Quant à leur relation avec moi, je les connais un peu, tout simplement. Avec une nuance toutefois : l'un est mon ami et l'autre pas. Ils s'appellent Alexandre Benalla et M'Bala M'Bala plus connu sous son prénom : Dieudonné.

Lequel est mon ami ? Le casseur de manifestant, ou le négationniste ? Les paris sont ouverts.

Allez, je ne te fais pas languir. Mon ami, c'est Alexandre le bienheureux.

C'est l'impression qu'il m'a faite la première fois que j'ai dîné avec lui. Posé, tranquille, apaisé, malgré la tourmente médiatique qui l'avait pris de plein fouet quelques mois plus tôt. Avec une voix douce. Comme une anomalie par rapport à son physique imposant.

Des épaules impressionnantes. Un torse large. Un vrai coffre. C'est le mot. À la fois pour la forme et les richesses qu'il renferme. Cet homme est une armoire à mystères. On devine cent tiroirs cachés. À trente-deux ans seulement, sa vie est un incroyable roman. D'aventures, policier, d'espionnage. D'amour aussi.

Il me confie :

— J'assume tout ce que j'ai fait. Condamnable ou pas. Je n'ai qu'un regret, c'est le souci que ma femme et mes enfants se sont fait pour moi.

Des tiroirs de l'« armoire à mystères », je n'ai souhaité en ouvrir qu'un seul. Celui de l'ambition. Là, ses yeux se sont allumés.

Il a dit :

— Quand j'étais gamin, dans les films, je voyais les gardes du corps courir à côté de la voiture du président des États-Unis. C'est ça que je voulais faire.

Et il l'a fait.

Certainement bien au-delà de ses espérances. À la vitesse de l'éclair, il s'est imposé dans le milieu de la sécurité. Il est devenu garde rapproché de personnalités, de célébrités, de chefs d'État. Il ne doit son ascension qu'à sa rigueur, son travail et son dévouement. Je ne flatte pas, je constate.

Et surtout, il est devenu l'ombre de Macron. Son président préféré. Comme il l'avait rêvé, il a couru à côté de sa voiture. Il a épié tout danger potentiel au moindre bain de foule. Mais il a été bien plus que ça. Dans la froideur des nuits de travail à l'Élysée, un confident privilégié. Quand le corps n'a plus besoin qu'on le garde mais seulement qu'on l'écoute. Alors forcément, il a son avis sur l'homme.

J'ai demandé :

— Si tu devais le définir d'un adjectif, ce serait lequel ?

Il a laissé un long temps et il a dit :

— Seul.

Alexandre doit connaître bien des secrets intimes. Le président ne l'a jamais vraiment lâché. De peur qu'il dévoile ces secrets ? Oh non ! Le contraire, précisément.

Par reconnaissance, parce que, justement, il sait bien qu'il n'en trahira jamais un seul. Fidèle, dévoué et redevable de la confiance mutuelle.

Le soir de ce premier dîner, Alexandre et moi avons fait une petite vidéo amicale pour Macron. Ce qui m'a frappé, c'est qu'il a employé le même ton que si Emmanuel était réellement présent devant lui. On était gais, détendus. Il aurait pu lui envoyer un bonsoir convivial. Non. Il a incliné la tête en signe de déférence, et il a murmuré avec une voix à peine audible de petit garçon :

— Monsieur le Président.

Sûr qu'en lisant ces mots, les détracteurs de Macron vont ruer dans les brancards. En premier lieu dans les miens. Ben oui ! Si j'ai le privilège d'envoyer des vidéos amicales au Président, c'est que je le cautionne en tout. Que chaque SMS échangé est une absolution. Fausse route, mon gars ! Je ne suis ni servile, ni caution, ni soutien.

On peut être curieux de l'homme sans avoir voté pour le président. C'est mon cas. Ces échanges sont d'abord motivés par ma soif de l'autre. Pour juger en toute objectivité. Et, comme je te l'ai déjà dit, ce lien épisodique a aussi pour but de tenter d'influer si je le peux sur le cours des choses. Pour espérer arriver à cela, autant avoir les rapports les plus cordiaux possible.

N'oublie jamais ça, si un jour tu veux faire changer des lignes dans quelque domaine que ce soit :

Pour détourner l'avion, il faut être dans l'avion !

Pour en revenir à Alexandre, sa déférence envers le président ajoute sûrement pour toi du noir à l'aura déjà trouble du personnage.

Je t'entends d'ici :

— C'est sûr qu'il doit traîner un paquet de casseroles aux fesses, le Benalla !

Au regard de ça, aurais-je dû renoncer à m'asseoir à sa table ?

En guise de réponse, une métaphore de plus : quand je dîne avec un ami, l'essentiel est que le couvert soit bien dressé et les mets de qualité. Je me fous du placard où sont rangés les ustensiles !

Alors d'accord ! On les a tous vues en boucle les images de lui, matraque à la main, dérouillant un manifestant. Un autre matraquage. Celui des images. Comme on enfonce un clou. Pour bien vous mettre dans la tête qu'il n'était que ça. Bouillant. Sauvage. Sans mesure. Et ensuite les journaux télé ont largement étalé son côté hors-la-loi.

En relayant à l'envi ses irrégularités de passeport et de salaires.

C'est le nouveau jugement dernier.

La parole divine ne tombe plus des chaires, elle arrive par satellite.

— Ah tu te croyais tout permis au paradis ! Eh bien, on va t'envoyer en enfer.

— Mais je croyais que Dieu seul pouvait en décider.

— Ta gueule ! La nouvelle église n'a pas de nef. On a remplacé la dernière lettre. Elle a le Net. Et les chaînes info. Aujourd'hui, Dieu, c'est nous !

Ce soir de dîner intime avec Alexandre, je n'avais pas en face de moi un démon. Ni un ange, d'ailleurs. Un homme, tout simplement. Avec ses fiertés et ses fissures. Comme nous tous. Certainement bord cadre pour tant d'autres choses, mais intègre en amitié. Intégré aussi. Lui le Franco-Marocain. Respectueux non seulement du président, mais aussi du pays. Fier d'avoir servi la République à sa façon. Peut-être bien plus attaché à la mémoire et au patrimoine français que bien des Gaulois de souche.

La preuve.

J'ai demandé :

— Tu as combien d'enfants ?

— Deux.

— Ils s'appellent comment ?

— Gabin et Lino !

Si c'est pas bleu, blanc, rouge, ça !

Je ne pense pas que Dieudonné puisse étalonner à ce point son respect de la France. D'abord parce que ce n'est certainement pas sa conviction. Et puis boulot, boulot ! Son public le fuirait. Ben oui ! Les aficionados viennent pour la casse, pas pour la pommade. Pour le couillu qui déglingue. Pour celui à qui on ne fera jamais fermer sa gueule. Alors, de la hargne, pas de compromis. La moindre reconnaissance pour l'Hexagone et ça pourrait se finir en lancer de boulons !

Et ça, c'est hors de question.

La tirelire est trop belle. Parce que au-delà de l'artiste engagé, il y a les pépettes, le grisbi, la monnaie. Très très malin le Dieudo ! Pas de doute sur la sincérité de son combat, mais il a trouvé le filon. Être marginalisé n'a pas que des inconvénients. Ça fait des shows en clandestin, du merchandising buissonnier. Au black... power, c'est le cas de le dire. Au revoir et Bercy ! Et le bras d'honneur qui va avec.

Il s'est bâti un bel empire financier, papa ! Presque antinomique avec la caricature antisémite qu'il balance à tout-va. Il pourrait la reprendre à son compte la formule magique des marchands du Sentier, avec l'accent de *La vérité si je mens* :

— Les affaires, ça va, ça vient. Et quand ça vient ça va !

Eh oui ! C'est comme ça. Derrière un gourou, il y a toujours un caissier.

Mais stop pour la charge ! Les compliments maintenant.

Ce mec est certainement un des plus grands humoristes que je connaisse. Son sketch sur le cancer est un chef-d'œuvre d'humour noir. Et dans son discours où il assène « ses » vérités, il y a « des » vérités. Beaucoup, beaucoup de vérités. Alors, on va oublier l'homme. Les gens qui aiment juste l'artiste (j'en fais partie) n'ingurgitent pas toutes ses diatribes extrémistes les yeux fermés. Et le fait qu'il soit banni des médias et souvent interdit de spectacle me dérange vraiment.

Et pourtant ! S'il y en a un à qui je pourrais en vouloir, c'est bien lui. Il était au premier rang des accusateurs quand j'ai subi une tempête médiatique pour mon imitation de Le Pen dans mon émission *Osons*. Je faisais chanter *Casser du noir* à Jean-Marie ! Alors forcément, en défenseur acharné de la négritude, il s'était lâché. En chevalier blanc. Bel anachronisme.

C'est certainement l'attaque la plus violente dont j'aie été l'objet.

Il a dit :

— Sébastien, il faudrait le finir au lance-flamme !

Ben voyons !

Sans tenir compte que ce n'était pas moi qui tenais des propos racistes, mais le personnage que je jouais. (Voir Sardou, Souchon, Chaplin et Balavoine plus haut.) En humoriste aguerri, il le savait très bien. Mais l'occasion était trop belle de prendre la tête des indignés. Le pire, c'est que son incitation à me foutre le feu n'a interpellé personne dans les médias. Tu imagines l'inverse ? Si c'était moi, le Blanc, qui avais encouragé à cramer un Noir ! Tu ne lirais certainement pas ces lignes aujourd'hui.

Là, tu dois te dire que je lui en veux à mort. Que depuis son ordre d'exécution, je n'ai plus eu le moindre rapport avec lui. Et que chaque fois que j'apprends qu'il a été condamné ou exclu, j'applaudis des deux mains. Eh bien, tu te trompes ! Bien sûr que je l'ai eue, la colère. Plus que ça, même. L'envie du duel. Style :

— Viens avec ton lance-flamme, connard ! J'ai le même. En plus, j'ai de vieux potes voyous qui adorent jouer avec le feu. On verra qui crame en premier !

Et non ! Pas de duel. Et encore moins de vengeance.

Pas de retour de flamme, donc.

Encore et toujours : pardonner pour se libérer. Dont acte.

Quelques années plus tard, c'est lui qui a eu affaire à la meute. Une autre. Pas tout à fait la même que la mienne. Mais elles se ressemblent toutes. Tous les crocs dehors. Il a été attaqué de partout. Harcelé de procès en procès. Exclu de tous les médias. Interdit. Insulté. Menacé de mort.

Cette fois, c'était pour moi que l'occasion était belle. Loin des médias. En privé.

Un soir, je l'ai appelé.

— Salut. C'est Patrick Sébastien.

— Ah !

— Juste pour te dire que je suis solidaire. Je ne dis pas que ceux qui t'attaquent ont tort sur le fond. Loin de là. Je dis juste que je ne supporte pas les acharnements médiatiques. J'ai donné. Je sais ce que ça fait. C'est ton tour. Tu vois à quel point c'est violent ?

— T'as raison. C'est compliqué à gérer. Merci. Je m'attendais pas à ça de toi.

— Je comprends ! Vu qu'à l'époque tu voulais me finir au lance-flamme.

— Je sais… C'est vrai que je suis allé un peu trop loin. Mais ta connerie de casser du Noir, pour mon peuple, je l'ai mal prise. Bon, j'ai bien compris après que c'était pas toi qui pensais ça, que c'était une caricature de l'autre ordure. Mais sur le coup, ça m'a filé la rage.

— Je peux comprendre. Mais comprends aussi la saloperie qu'on m'a faite. On m'a condamné pour incitation à la haine raciale, en précisant que je n'étais pas raciste, que je n'avais pas eu l'intention de l'être, mais que les Français ne comprennent pas le deuxième degré. Écrit noir sur blanc sur le jugement. Magnifique non ?

— Putain !… Ben, c'est peut-être un peu tard, mais je te présente mes excuses.

— Acceptées. D'autant plus avec ce qui t'arrive.

Et avant de raccrocher, j'ai ajouté :

— Tu sais, Dieudo, moi aussi je fais partie des indignés qui n'acceptent pas la bien-pensance. Je ne condamnerai jamais un mec qui se bat contre une dictature intellectuelle ou religieuse, quelle qu'elle soit. Mais fais quand même gaffe. Je suis et j'ai toujours été un humaniste avant tout. Mon sketch sur Le Pen, ce n'était pas pour le soutenir, c'était pour le dénoncer. La prochaine fois, vise la bonne cible !

Le pire quand on mène un combat, ce n'est pas la violence des propos. Le pire, c'est de se tromper d'adversaire.

DOMINIQUE,

SERGE

Parmi tous les sulfureux dont je parle dans ce chapitre, Dominique Strauss-Kahn est le seul que je n'ai jamais rencontré.

Une amie, qui lit ce que je viens d'écrire par-dessus mon épaule, se moque :

— Ça, tu n'en sais rien ! Peut-être qu'au Cap-d'Agde, tu l'as croisé dans le noir. Tu n'as pas le souvenir de t'être fait effleurer la nuque par des gros sourcils ?

Et allez ! La calomnie de bas étage.

J'ai longuement détaillé dans d'autres ouvrages mes penchants libertins assumés. Ce n'est pas un scoop. Mais je précise que mon goût pour le batifolage en toute liberté ne s'accommode pas du tout de l'accouplement en troupeau. L'amour avec un grand tas, c'est pas mon truc ! Je fuis les amoncellements. Je suis plutôt du genre solo. Je recrute dans la masse, et je m'isole dans un recoin. Non pas pour préserver mon anonymat, mais par précaution. Mes érections sont allergiques aux témoins. Avide soit, mais en évitant d'être à vide.

Ceci dit, j'aurais très bien pu le croiser, Dodo l'arbalète. Au Cap-d'Agde ou ailleurs. C'était un habitué des soirées coquines. Ça non plus, ce n'est pas un scoop. Tout le monde politique était au courant. L'homme était un fervent de la religion chaotique. Pratiquant, sans vraiment protéger son anonymat. Aux risques et périls d'un bouche-à-oreille qui, d'ailleurs, a largement fait le tour de la place de Paris.

Y a pas crime ! Chacun fait ce qu'il veut de sa libido. Tant qu'on ne dépasse pas les limites du respect et du consentement. C'est la règle du jeu dans ces lieux-là. Le cahier des décharges, quoi ! Celui qui outrepasse cette obligation de bienséance ne fait pas long feu dans ce milieu. Et lui n'en a jamais été banni.

C'est là où, pour moi, l'affaire du Sofitel pose problème.

J'ai dans mes relations très intimes une amie dont la parole est totalement fiable. Une jolie fleur qui s'effeuille au gré du vent d'amour. Formule poétique pour éviter de dire qu'elle est chaude comme un barbecue. Fleur donc ! L'occasion de l'appeler Rose, afin de conserver son anonymat.

Rose a eu l'occasion quelquefois de pratiquer le bonhomme. C'est mon seul point commun avec Dominique, puisque moi aussi, j'ai eu l'infime plaisir de savourer le parfum des pétales de cette Rose-là. Elle a été l'intermédiaire secrète entre moi et l'ex-patron du FMI. Par des échanges d'appréciations qu'on se transmettait oralement à travers elle. Pour nous féliciter l'un et l'autre de l'excellent choix, et des qualités hors norme de notre partenaire occasionnelle commune.

Donc, aucun lien réel entre nous. Si ce n'est d'appartenir au même fan-club. Mais ça a été l'occasion pour moi, sous le sceau des confidences de Rose, de connaître les détails du comportement sexuel de mon alter ego de canaillerie. Quelques jours après l'affaire du Sofitel, elle s'est confiée à moi. Je te rapporte ses mots comme elle me les a dits. Ils n'engagent qu'elle.

— Franchement, je pense qu'il y a une magouille quelque part. Dominique, Je ne l'imagine pas en violeur. Bon, c'est vrai que par moments il a une teub à la place du cerveau. En plus, c'est un sacré ferrailleur. À mon avis, il abuse un peu de la pilule bleue. Mais bon ! Il est pas tout jeune non plus.

— Avec toi, il a été comment ?

— Charmeur. Délicat. Comme avec toutes. Et quand il y avait un refus, je ne l'ai jamais vu insister lourdement. Dans l'acte lui-même, il a parfois été un peu brusque, mais jamais vraiment violent.

— Ta conclusion ?

— Tu connais la formule ! Même poussé par un désir de folie, si la fille n'est pas d'accord, je le pense assez raisonnable pour se la mettre sur l'oreille et la fumer plus tard ! Mais bon, je peux me tromper.

Ça reste un avis. Mais important pour moi, parce qu'il s'appuie sur du vécu, pas sur des ragots. Et Dieu sait qu'il y en a eu, des hypothèses ! À cette époque, pas un seul repas sans que quelqu'un donne sa version des faits. Avec monsieur « de source sûre », le convive obligatoire pour légitimer l'affirmation. Pour moi, quels que soient les scénarios hypothétiques, le constat est on ne peut plus simple :

Il n'y a que deux personnes qui connaissent la vérité : Dominique et Nafissatou.

Cependant, même si je ne connais pas monsieur « de source sûre », j'ai des amis de l'ombre très bien informés. Je ne te les nommerai pas, bien sûr. Ils m'ont fait connaître des détails de l'affaire qui ne sortiront jamais au grand jour. Même si ça reste des hypothèses. Les principales sont au nombre de quatre. Suffisamment crédibles pour que je te les fasse partager. À toi de choisir celle qui te semblera la plus plausible.

Hypothèse n° 1 :

Les choses se sont exactement passées comme Nafissatou l'a dit. La sortie de la salle de bains en peignoir. Il la bouscule et la viole. Dégueulasse et impardonnable. Je ne m'attarde pas, les médias t'ont déjà tout détaillé.

Hypothèse n° 2 :

La femme de ménage est une professionnelle du sexe occasionnelle pour arrondir les fins de mois. Il propose, elle accepte. Il paye avant. Il fait ce qu'il doit faire. Mais après, bien consciente qu'elle n'a pas affaire à n'importe qui, elle réclame plus d'argent, en lui faisant un chantage à l'agression sexuelle. Une manœuvre assez courante chez certaines prostituées. Il ne veut pas céder. Elle met son chantage à exécution.

Hypothèse n° 3 :

Une des plus envisageables pour mes amis de l'ombre. Toujours le deal : prostituée d'occasion, client. Avec une entaille au contrat. L'homme veut lui imposer une sodomie qui n'était pas comprise dans le tarif. Elle refuse. Il la force. En toute inconscience des conséquences. Pense donc ! C'est pas une soubrette à deux cents qui va effrayer le maître de la monnaie du monde ! Tout aussi dégueulasse et impardonnable.

Hypothèse n° 4 :

Le complot. Strauss-Kahn était largement favori pour l'élection présidentielle. Comme je te l'ai déjà dit, tous ses adversaires connaissaient sa faiblesse. Son « sgueg d'Achille », vu que le talon n'a aucune importance dans ce genre d'addiction. Pas très dur à piéger. Pas directement, bien sûr, en rétribuant l'appât. Mais en en rétribuant d'autres. Des invisibles professionnels de la mise en scène pour organiser le piège dans les moindres détails. À défaut d'être prouvé, ça se tient.

Dans ce cas, pour l'identité des commanditaires, la question est incontournable : à qui profite le crime ? Sur le papier, à Sarkozy. Mais il s'est fait doubler par Hollande. Un tour de force machiavélique de Flanby alors ? Parti en queue de peloton, mais qui grâce à tout ça vient coiffer tout le monde sur le poteau. Pour moi, improbable. Mais bon, ça nous fait une minisynchronicité de plus : Jean de La Fontaine qui a écrit *Le Lièvre et la Tortue* était un sacré libertin !

Alors ? C'est laquelle ton hypothèse favorite ?

Personnellement, je penche pour l'hypothèse numéro… Non, je préfère la garder pour moi. Par prudence. Il en est une dont j'ai quelques éléments de preuve. Mais l'affirmer pourrait me mettre dans une situation plus qu'embarrassante. Et je n'ai plus l'âge de jouer les cascadeurs. Je laisse ça à mes amis de l'ombre. Un jour peut-être…

L'ambition brisée, donc.

Pour une pulsion. Un coup de sang chaud. Et à la sortie rien que des perdants. Enfin, si on ne compte pas les avocats, les scénaristes et les médias qui se sont bien gavés et qui n'ont pas fini d'engranger. Pour eux, le bonheur, c'est simple comme un coup de bite ! Mais qui a perdu le plus dans cette affaire ? Nafissatou, Dominique, Anne Sinclair ? Ou toi, moi, le pays ? Beaucoup sont persuadés que si Strauss-Kahn avait été élu, aujourd'hui la France irait bien mieux.

Je prends même le pari que s'il se présentait à la prochaine élection présidentielle, il aurait ses chances. Les féministes feraient campagne, il y aurait des levées de bouclier, Mais quid de la France profonde ? Je la connais bien. Au moment de l'affaire, elle en persiflait plus qu'elle s'en indignait. D'autant que le Gaulois pardonne plus un excès de libido qu'une grivèlerie financière. En termes d'estime, y a pas photo entre Clara Morgane et Jérôme Cahuzac.

Alors, vu le merdier dans lequel le pays s'enlise, pas sûr que l'indignation prenne le pas sur le sauvetage d'urgence. Le Français a la mémoire volatile. Sans compter que le bonhomme a été blanchi. Le 23 août 2011, les charges contre monsieur Dominique ont été abandonnées. Enfin, blanchi à la lessive des riches. Un bon arrangement et retour à la vie de luxe.

Circulez, y a rien à voir !

En fait, le vrai goût amer que me laisse cette histoire, c'est ça. D'abord la compassion pour Nafissatou si elle a réellement été victime. Et puis le deal financier.

Coupable, innocent ? On ne le saura jamais vraiment. Ce qui me saute aux yeux, c'est surtout la puissance des réseaux et de l'argent. Imagine la même accusation contre un VRP ordinaire dans une chambre du Novotel de Clermont-Ferrand. Petit train de vie, petit avocat, ça peut nous faire dans les dix ans de placard, ça, monsieur ! Mais c'est comme ça. La loi des chéris. De ceux que la vie a gâtés. Selon que vous serez… tu connais la suite.

L'ambition du favori à l'élection présidentielle a été brisée.

Mais l'homme, dans quel état est-il aujourd'hui ?

Je n'en sais absolument rien, mais à mon humble avis, sûrement pas intact. Comme un vase brisé, lui aussi. L'avenir en éclats de verre. Les illusions en tessons. Bye bye la consécration d'une vie ! L'Élysée, le pouvoir suprême.

Tout ça, en miettes. Et, certainement, de sales flashs en mémoire qui doivent crépiter dans chacune de ses nuits sans sommeil. Les menottes. La honte en mondovision. Les matons de Rikers Island. Les insultes et les crachats des femmes en colère à l'entrée du tribunal. La curée médiatique. La déchéance. Et surtout, les poussières de son couple avec Anne Sinclair emportées par le vent.

Attention ! Je n'essaie pas de t'apitoyer, je décris. Je répertorie les dégâts. Pour que tu aies bien conscience de tout, toi qui me lis. Avant de te passer un message personnel, à partir du destin tourmenté de cet homme.

Peut-être fais-tu partie des chasseurs de la race de Dominique Strauss-Kahn. Je les connais bien ceux-là. Ils appréhendent chaque femme comme un gibier potentiel. À la moindre apparition d'un jupon affriolant, ils évaluent l'animal sur pied. Avec les jugements primaires et grossiers que tu connais :

— Elle est bonne !

— Mate les nibards, je m'en ferais bien un coussin !

— Ça doit bien tirer une grande cheminée comme ça !

— J'en ferais bien mon quatre-heures !

— Je suis pas armurier, mais ça sent la cartouche !

Les faux Don Juan de cet acabit sont bien plus nombreux qu'on croit. Le regard est lubrique, le verbe gras. Ils n'ont rien compris aux femmes. Par bonheur, pas d'impunité pour eux. La plupart finiront seuls, cocus ou impuissants. À moins qu'un jour, lassés d'eux-mêmes, ils décident de changer de cap radicalement. Si tu as ce profil de minable dragueur de fond, je te conseille de le faire au plus vite.

J'espère pour lui que Strauss-Kahn l'a déjà fait.

Au nom de la seconde chance.

J'espère qu'il a compris que la femme n'est pas une chose. Un joujou. Un passe-temps. Que même en ne lui voulant que du bien, on peut lui faire beaucoup de mal. Et aussi s'en faire à soi-même. Devenir le vase brisé. Jusqu'à s'apercevoir qu'il est d'autres étreintes que celles dont l'unique but est de se vider les couilles. C'est grossier, je sais, mais il est toujours plus explicatif d'appeler les choses par leur nom.

Si toi qui me lis fais partie de ceux-là, je souhaite que ces lignes résonnent dans ta conscience. J'écris aussi pour ça, tu le sais. Pour essayer de te guider au mieux à partir de mon propre chemin.

— Ton propre chemin ? Ça veut dire que toi aussi tu fais partie de ceux-là ?

— Non, bien sûr. Je ne vais quand même pas t'avouer le contraire.

En tout cas, si ça avait été le cas, il y aurait bien longtemps que j'aurais fait pénitence. Longtemps que j'aurais compris. Longtemps que mon premier regard sur les femmes ne les aurait pas déshabillées. Longtemps que j'aurais accueilli une étreinte amicale sans arrière-pensée. Longtemps que, pour les remercier de ce qu'elles sont vraiment, je les aurais estimées à leur juste valeur. Celle du cœur, pas celle du corps. Longtemps que j'aurais remplacé mes envies sauvages par mon besoin d'elles.

Pour me réparer.

Longtemps que j'aurais fait ma devise amoureuse de cette superbe citation d'un anonyme :

Un jour, quelqu'un te serrera si fort dans ses bras qu'il recollera tous les morceaux.

À propos, elle est où, celle qui va me recoller les morceaux ?

Allez, avant de passer au suivant, je vais m'en griller une autre !

Je fume trop, je sais. Surtout quand j'écris. Je sais que ça va me tuer. Mais je ne me sens jamais aussi vivant que quand je noircis des pages. Alors tant pis si j'en meurs !

Et puis, comme m'avait dit Gainsbourg :

— Si je suis incinéré, j'aurai fait la moitié du boulot !

C'est lui, le suivant. Le beau Serge.

Oui, oui, beau. En tout cas pour moi. Pour d'autres, hideux. Du dehors comme du dedans. Alcoolique puant la clope. Grossier. Haïssable. Au point de brûler des billets de banque. D'agresser avec vulgarité Whitney Houston. De salir l'hymne national avec des tempos jamaïcains. D'être Gainsbarre, quoi ! Le symbole de la prétendue liberté des années lointaines. En fait, l'image même de la débauche, et de la pire des déchéances humaines.

Le représentant du nouvel ordre moral se lâche :

— Heureusement que des saletés pareilles n'existent presque plus de nos jours ! Et même s'il ne devait subsister qu'un seul Mohican de cette trempe, comptez sur nous pour le pourchasser sans relâche jusqu'à l'éradiquer de notre monde parfait.

Évidemment, tu t'en doutes, je n'adhère à aucun de ces jugements péremptoires. Il me manque, l'homme à la tête de chou ! Moi aussi, parfois, j'ai envie de le brûler symboliquement, mon billet de cent euros sur lequel le fisc me vole la moitié. Moi aussi, je trouvais que Whitney avait la sensualité suffisante pour envisager un partage amoureux. Et, musicalement, *Aux armes et cetera*, ça sonne quand même mieux en reggae que massacré par une fanfare désaccordée.

Novembre 1988.

Un grand moment d'émotion. Une séquence de télévision culte, paraît-il. J'avais eu l'idée de déguiser des mômes en petits « Gainsbourg ». Le même look, un verre de jus de pomme à la main, une cigarette en chocolat au bec.

Ils se sont avancés vers lui en lui chantant :

— On est venus te dire qu'on t'aime bien !

Touché coulé. Il a pleuré. Vraiment. Pas des larmes d'audimat. Des vraies. Je sais que devant leur télé, beaucoup ont aussi versé leur larme. Ça a été aussi l'occasion pour certains de réviser leur jugement sur l'homme. Comme il était loin, ce soir-là, celui qui sodomisait Birkin en chanson dans *Je t'aime, moi non plus*. Celui qui flirtait avec l'amoralité en mettant en scène sa fille Charlotte dans un inceste de citron. Comme il était loin, l'ivrogne, le décadent.

Plus tard, dans la loge, je lui ai dit :

— Désolé. J'ai pas fait ça pour te faire pleurer. Au contraire, je pensais que ça allait t'amuser. Tu m'en veux pas ?

— Mais non. Au contraire je te remercie.

— C'est gentil. Tu sais, je voulais juste te rendre hommage.

— Pour moi, c'était autre chose qu'un hommage.

— C'était quoi ?

— Un miroir, mon p'tit gars. Un miroir à facettes.

Ça a confirmé ce que je pensais de lui depuis toujours. Serge a été un enfant toute sa vie. Ce soir-là, tous ces gamins lui ont renvoyé en plein cœur et en multiple l'image du môme revanchard. Celui qu'il n'a jamais cessé d'être : Lucien Ginsburg, le petit Juif malingre et laid. Persécuté par les railleries de cour d'école.

Ça explique tout.

À l'instar d'un Sarkozy, le « beau » Serge ne se nourrira que de l'ambition démesurée de séduire. Il assouvira cette ambition certainement bien au-delà de toutes ses espérances. Il couchera dans son lit les plus belles. Le nez d'aigle, les oreilles décollées, les yeux globuleux, une musculature de crevette, tu parles d'un play-boy ! Et pourtant !

Une fois de plus, on y est en plein, dans le carnaval des ambitieux.

Cet éternel enfant déguisé en grande personne a déjoué tous les pronostics d'un tel avatar. Combien de fois ai-je entendu autour de moi :

— Mais qu'est-ce qu'elles lui trouvent ? Il est mal rasé, moche, sale.

Première erreur d'à priori : j'ai rarement croisé quelqu'un d'aussi propre. Parfumé, les ongles soignés. Le mal rasé, c'était le laisser-aller de l'époque. L'incorrect. La marque repoussante du négligé. Aujourd'hui, c'est le must du charme viril. Au point que, dans une assemblée de mâles, c'est celui qui se rase qui fait tache.

Une petite parenthèse sociologique au passage.

Pour moi, la barbe de deux jours des hommes d'aujourd'hui raconte quelque chose. Les femmes sont en train de gagner leur course à l'égalité. Cette exposition de poils sur les joues est une façon de conserver en apparence un reste de virilité. Cette interprétation n'engage que moi, mais ça vaut le coup d'y réfléchir.

Fin de la parenthèse.

La deuxième erreur d'à priori, c'est sa laideur. Avec, quand on détaille le palmarès de ses conquêtes, une question évidente :

— Comment peut-on faire d'un chat de gouttière un tigre majestueux ?

Tout simplement, avec une sensibilité à fleur de peau. Ne te méprends pas sur ces dames. Je les connais suffisamment pour t'en parler avec justesse. Le corps sculptural, voire le chéquier pour les vénales, sont certes des atouts majeurs pour séduire les plus belles. Mais elles ont toutes l'instinct maternel en arrière-plan dans leur subconscient. Doublé d'une vocation d'infirmière. Alors quand elles croisent un puéril, timide, un peu souffreteux, elles sont presque en mission. Pour peu que s'y ajoutent le talent et la poésie d'un artiste, c'est bingo !

Et il en a gagné des gros lots, le petit Lucien ! Quine ! Des intouchables. Des icônes. Bardot, Deneuve, Bir... quine donc, et tant d'autres. La belle revanche sur les Ginette et les Janine qui ne s'abaissaient même pas à le caresser des yeux. Si ça se trouve, il comptabilisait ses conquêtes sur un tableau noir d'écolier, à la craie. Ou peut-être même en bûchettes ! Grand garnement, va !

L'omniprésence en Serge de l'enfant qu'il était resté explique aussi tout le reste. Les excès, l'autodestruction. Pour moi, il a passé son temps à saccager l'adulte qu'il ne voulait pas être. Il ne portait ni sous-vêtements ni chaussettes. Nu. Comme celui qui vient de naître. Tout petit dans son âme, il a joué au grand. En exagérant tous les interdits de cour d'école. Baiser, fumer, boire.

Carlos m'avait dit, un jour :

— Quand on boit, on a des excuses. Et quand on n'en a pas, on s'en invente !

Ginsburg a inventé Gainsbarre.

Pour le tuer.

Chaque bouffée de cigarette, chaque verre de pastis étaient des tentatives de suicide. Il a mis le temps, mais il a réussi. C'est sûrement de la psychanalyse de bazar, mais comment un gosse en colère, blessé, revanchard, et qui plus est artiste, aurait pu accepter de vivre dans le corps d'un ordinaire ? Un normal. Dans les clous. Il se serait certainement suicidé avant d'une façon bien plus radicale.

Je connais bien ça. Pourquoi crois-tu que j'ai inventé le Patrick Sébastien grossier qui fume trop et qui a bu plus que de raison ? Je continue à fumer. Parce que au-delà d'un suicide annoncé, ça reste agréable. Si j'ai arrêté l'alcool, c'est parce que les emmerdements dépassaient le plaisir. Les nausées, les tremblements, les doigts engourdis. Alors stop ! Suicidé d'accord, mais avec le moins de souffrances possible.

C'est pour ça que Serge et moi, on s'aimait bien. Entre suicidés en instance. On n'a jamais été vraiment intimes, mais quand on se croisait, chacun de nos regards échangés était complice. D'enfant à enfant. Ma bâtardise, c'était sa juiverie. Son étoile de shérif, comme il disait. Et puis la fumée, en souvenir des P4 avalées en cachette à la récré sous le préau. Et aussi les multiples allongées dans nos draps de soie en mémoire des courtes échelles pour les mater par-dessus la porte des cabinets.

Une nuit d'ivresse, dans un bar de Pigalle, je lui ai fait écouter une de mes chansons qui disait :

— La prochaine fois, j'sortirai pas, je resterai dans le placenta !

Il s'est faussement emporté :

— Salaud ! Tu me l'as piquée, c'est moi qui l'ai écrite.

— Ah, non Serge, c'est moi !

— J'déconne mon p'tit gars. Bien sûr que c'est toi. Mais j'aurais pu l'écrire. Ce que tu dis, y a pas un jour où j'y pense pas. Alors OK, la chanson est de toi. Mais comme j't'aime bien, j't'en fais cadeau !

Et puis, on est partis finir notre cuite dans un commissariat. Les policiers l'adoraient. Ils avaient toujours une bouteille de côté pour son 102. Deux 51. Ça a été épique. En en buvant moitié moins, j'étais presque dans le même état que lui. Il avait une capacité étonnante à tenir le choc.

En sortant au petit jour, il a quand même fallu que je le porte un peu. On a titubé pendant quelques mètres, et il s'est redressé d'un coup, les yeux exorbités.

J'ai demandé, inquiet :

— Qu'est-ce qui t'arrive ? T'as un malaise ?

— Non, une illumination.

— Ah bon !

— Ouais. Je me demande un truc important, d'un coup.

— Quoi ?

— S'ils mettent l'alcootest à zéro, qui c'est qui va conduire la voiture des flics ?

C'était une autre époque. Les buveurs, flambeurs, grivois comme Serge faisaient partie du paysage. Ils choquaient, mais bon ! La société officielle leur pardonnait avec un mélange d'indignation et d'envie. Aujourd'hui, leurs comportements les mettraient définitivement hors jeu.

Le maître de morale d'aujourd'hui l'affirme :

— Il n'y a plus de place pour ce genre d'énergumène. L'assainissement des mœurs est une mesure de salubrité publique. C'est le signe d'une société qui évolue dans le bon sens.

Ah bon ! Dans le bon sens ?

Alors d'accord, on va faire un comparatif.

On ne fume plus dans les lieux publics et les mesures pour éradiquer la consommation d'alcool se multiplient. Donc, y a pas photo ! Gainsbourg était un nuisible. OK ! Et la came alors ? L'hydre vénéneuse qui étend chaque jour un peu plus ses tentacules. Qui assassine nos gosses. Je ne vois pas de campagne à la télé pour dénoncer le fléau. L'image des fumeurs est pourchassée. Ils ont même remplacé le mégot de Lucky Luke par un brin d'herbe. Dans le même temps, la ligne de coke dans les séries ou les films d'aujourd'hui est incontournable.

Effectivement, c'est une autre époque.

Dans sa chanson *Aux enfants de la chance*, Serge chantait :

Aux enfants de la chance
Qui n'ont jamais connu les transes
Des shoots et du shit
Je dirai en substance ceci

Touchez pas à la poussière d'ange
Angel dust en shoot ou en shit
Zéro héro à l'infini

Je dis dites-leur et dis-leur
De casser la gueule aux dealers
Qui dans l'ombre attendent leur heure
L'horreur de minuit.

Gainsbourg, nuisible ?

Une société qui évolue dans le bon sens, vraiment ?

Soit ! Alors, on va étalonner rapidement à ce nouvel ordre moral les autres sulfureux de ce chapitre.

Tapie le voyou ?

Vraiment petit bras par rapport aux escrocs d'aujourd'hui. Que ce soit dans les affaires, le sport ou la politique. La différence, c'est l'exposition. Les nouveaux truands fuient le clinquant et la harangue publique. Mais, dans l'ombre, ces invisibles sont bien plus redoutables que Nanard. Présidents de multinationales, traders, marionnettistes au Parlement européen, pollueurs inattaquables, émirs tout-puissants.

Aucun risque que ceux-là se suicident. Ils sont trop occupés à suicider les autres.

L'anti-Tapie argumente :

— Il a quand même acheté des joueurs de Valenciennes pour qu'ils lèvent le pied.

— T'as raison ! Pour un minimagot enterré dans un jardin. Quelle indécence !

À l'heure où les négriers du foot extradent leurs manchots pour des centaines de millions d'euros pièce. À l'heure où la valeur d'un but marqué en finale représente les salaires à vie de tous les supporters du kop du virage nord. À l'heure où le dopage indétectable s'est généralisé. Des seringues pour injecter l'argent frais. Qu'importe le flacon pourvu qu'on ait l'ivresse de la fortune !

La société dans le bon sens ?

Berlusconi me demandait :

— Tou préfères blondes, brounes, russes ?

Les filles des soirées « Bunga bunga » ont pris du galon. Elles vendent leurs charmes à l'encan. Aux enchères officielles des écrans. Étalage de fesses et de seins surgonflés. Sans que les nouveaux moralistes s'en offusquent plus que ça. L'indignation officielle a quand même ses limites. Celles de la collusion et de l'entre-soi. On ne va quand même pas ébrécher le verre dans lequel on boit.

Des prostituées ? Mais non bien sûr, te répondra le producteur de télé-réalité. Juste des siliconées incultes aux lèvres de mérou. Synchronicité poissonnière sous l'emprise du maquereau audimat. Tu peux y ajouter les influenceuses. Quelles cuisses ne s'écarteraient pas pour un exil doré à Dubai ?

Et qu'importe l'impact désastreux sur les gamines qui s'identifient.

Les trottoirs de la rue Saint-Denis ont déménagé sur Google. Le porno et le racolage sont à la portée du moindre clic sur ton iPhone. Les photoshopées de la cambrure pullulent dans les positions les plus lascives. Les sites de rencontres sont des baisodromes masqués. « Sexe » est le mot le plus tapé sur Internet.

Et je ne parle même pas des arrivistes cathodiques prêtes à la bouffarde utile pour un petit espace de parole autour d'une table de chaîne info. Si, si, j'en connais. Et des célèbres. Des noms ? Bien sûr que non, je ne suis pas une balance. Je ne dévoilerai pas non plus l'identité de ces chanteuses, actrices ou supposées telles qui se noient en cachette dans des décadences décomplexées.

En ciselant quand même leur aura de façade :

— Tu viens à la soirée chemsex, samedi ?

— Bien sûr, mais tard. Avant, je dois faire un passage au *Téléthon* !

La société dans le bon sens ?

Pas la peine d'énumérer les autres sulfureux de ce chapitre. Ce serait répétitif. Je pense que tu as compris le sens de mon propos. Aujourd'hui, les indignations publiques sont plus qu'aléatoires. La société médiatique est devenue un vaste prétoire. Chaque individu est un accusé en puissance. Être sulfureux résulte bien moins de nos actes que de l'interprétation qui en est faite. Et ce au gré du seul bon vouloir des réseaux d'influences, qu'ils soient sociaux ou pas. Nous sommes tous à la merci d'une condamnation inique. Et bien entendu, les ambitieux plus que les autres.

La Déclaration des droits de l'homme et du citoyen stipule dans son article premier que les hommes naissent et demeurent libres et égaux en droit. On devrait y ajouter un alinéa. Une sentence de Maman :

Nous sommes tous égaux devant l'injustice.

LES STATUES

ALAIN, JOHNNY,
LES DEUX MICHEL,
CAMILLE

Quatre légendes, chacune dans sa catégorie… Et un anonyme.

Cinéma, chanson, télé, humour… Et ordinaire.

Alain Delon, Johnny Hallyday, Michel Drucker, Coluche… Et Camille

Une précision. Je n'ai été l'ami intime d'aucune des stars précitées. Juste assez proche épisodiquement pour être un témoin crédible de leur aura. Ce qui va me permettre de te tracer les contours de leur ambition en toute objectivité. Sans les conditions flatteuses obligatoires qu'impose une liaison amicale extrême. Sans non plus le jugement aléatoire de ceux qui ne les ont jamais croisés.

En zappant évidemment les sentences d'arrière-cour les plus avilissantes. Le portrait réducteur et définitif qu'en font les abrutis des comptoirs, des salons chics, ou des réseaux sociaux.

— Delon ? Un prétentieux imbuvable qui parle de lui à la troisième personne. Il croit qu'il est sorti de la cuisse de Jupiter. Moi je pense qu'il est sorti d'un peu plus haut. Du trou du cul !

— Johnny ? Une bête de scène, ça c'est sûr. Deux en une, même. Un âne avec un QI d'huître ! L'idole des bikers séniles. Tu parles d'un con ! Je suis sûr qu'il écrivait papa avec trois « P » !

— Drucker ? Bonjour le gendre idéal ! Un beauf de salon, oui ! Et lèche-bottes comme c'est pas permis. Si Casimir avait été président de la République, son fauteuil aurait été orange. Allez casse-toi ! Ton Ehpad t'attend !

— Coluche ? Une boule de suif vulgaire et camée. Pété de thunes. Avec Les Restos du cœur pour nous faire croire qu'il était généreux. Une arnaque, histoire de s'acheter une bonne conscience et de se faire de la pub. Enfoiré, c'est bien le mot !

Ça fait partie du paquet-cadeau. L'insulte. Le crachat. Même si la bonne conscience d'un honnête homme a peu de chances d'être altérée par le jugement d'un con, ils sont obligés de vivre avec. Alors, ils font bonne figure. Mais au fond d'eux-mêmes, évidemment que ça touche. Ça blesse. Ça épuise parfois. Toujours la dichotomie. Celui qui scintille n'avouera jamais à quel point ça fait mal à l'autre. Pas de quoi pleurer ! Ils ont tout. La gloire, l'argent, la célébrité.

Pas de quoi pleurer ? Vraiment ?

5 février 2024.

Peut-être pleure-t-il, l'orgueilleux.

En cachette.

Le beau samouraï qui s'étiole à Douchy. Probablement désespéré, face à son miroir qui lui renvoie le massacre du temps. Nous, on s'apitoie, bien sûr. Autant sur lui que sur nous-mêmes. Par anticipation. On le sait bien que, comme lui, on n'échappera pas aux lézardes. Il fait un drôle de bruit, ce boomerang du temps. Un chuintement lancinant. D'autant plus triste qu'il était beau, Rocco. Lumineux. Incroyablement charismatique. Surtout au temps des amants magnifiques. Lui et sa Romy. Étincelants de sensualité en bordure de piscine.

Quand ce livre sortira, peut-être ne sera-t-il plus de ce monde. L'expression consacrée. Induit-elle qu'il en existe un autre ? Si c'est le cas, je l'espère plus emballant que ce que celui d'ici-bas est en train de devenir.

Pour le départ d'Alain, l'imminence est à l'ordre du jour. Ce que ses amoureuses redoutent et que les médias espèrent en secret. Ils piaffent. Tout est déjà prêt. Vite ! Qu'on inonde tous les écrans de France d'oraisons funèbres ! Qu'on flashe. Qu'on buzze. Qu'on rediffuse. Y a un maximum de fric à faire. Alors, si ça pouvait aller un peu plus rapidement, hein ! Pourquoi pas une glissade dans l'escalier ? On pourrait écrire à double titre : « Delon, la chute d'un géant ». Non ? Pas encore. Bon tant pis, on va attendre.

Pourvu que les paparazzis aient la bonne photo ! La dernière si possible. Au moment du drame de sa vie, ils avaient violé le deuil de Romy, déguisés en infirmiers, pour photographier le corps de son gamin empalé. Ils sont bien capables de se déguiser en jardiniers pour flasher en douce le cadavre de la légende. Ils l'ont bien fait pour Coluche. Un cliché volé à la morgue, exposé le lendemain à la une du quotidien local.

Putain de rapaces !

Quoi qu'il arrive, ou qu'il n'arrive pas, entre le moment où j'écris et la sortie de ce livre, je ne changerai pas le temps de la conjugaison. Je vais parler d'Alain Delon au présent. Ne serait-ce que pour l'autre sens du mot « présent » quand il signifie « cadeau ». En mémoire de celui qu'il a fait à ma vanité, un matin au téléphone.

Sa voix était chaude :

— Je voulais te remercier d'avoir été aussi bienveillant avec ma fille Anouchka quand tu l'as reçue dans ton émission.

— C'était la moindre des choses.

— À part ça, tu vas bien ?

— Bof ! Tu sais, cette télé est devenue un repaire de sales gens. Les patrons n'arrêtent pas de me harceler pour que je craque et que je me barre.

— Mais tu t'en fous ! Toi et moi on est des stars !

Juré, j'ai failli avoir un orgasme. C'était tellement touchant, et surtout tellement disproportionné. La seule star, c'est lui. Et je ne le remercierai jamais assez de tous les privilèges qu'il m'a accordés. Sa présence dans mes émissions. Ses compliments. Sa confiance. Et puis, il y a aussi ces mots que j'avais écrits pour lui.

Un soir, je l'ai appelé :

— J'ai fait un texte qui s'appelle *Dans mon cœur de gitan*. J'aimerais que tu le joues pour moi. Je te filmerai. Si tu ne veux pas, je ne t'en voudrai pas. Je le rangerai dans un tiroir et je ne le donnerai à personne d'autre.

Dès le lendemain, il a accepté. Dans quelques lignes, je t'offrirai ce texte. Parce que, mieux que n'importe quel portrait, il peint exactement le personnage.

Quelques minutes avant l'enregistrement, il m'a confié :

— Au-delà d'être beau, le plus troublant dans ton texte, c'est que tu y as mis des choses que je n'ai jamais confiées à personne. Et puis Gabin et Romy que tu évoques sans les nommer, ça me bouleverse. Merci, vraiment !

T'as entendu ça Maman ? Delon, ton idole, qui remercie ton bâtard ! Qui va jouer les mots qu'il a écrits pour lui.

Elle est pas belle, notre revanche ?

Et puis il y a aussi eu quelques confidences intimes.

En particulier celles qu'il m'a faites dans les coulisses du *Plus Grand Cabaret du monde* délocalisé au Sporting de Monaco pour l'anniversaire des vingt ans. Il s'était blessé la veille. Sa cheville avait doublé de volume. Le voyant appuyé sur sa canne, je l'ai d'abord remercié d'être venu quand même. Combien, à sa place se seraient désistés ? Alors, je l'ai rassuré.

— T'inquiète pas. Même avec la canne, quand tu vas entrer sur scène, ils vont te faire un triomphe. Ils sont tellement heureux que tu aies accepté de parrainer la soirée.

— Ah non, pas question ! Delon n'entre pas avec une canne. Je vais souffrir, c'est sûr. Mais Delon n'a pas le droit de leur casser le rêve.

À la troisième personne.

Comme dans sa caricature. Mais ce n'était pas de l'auto-suffisance. Juste du respect pour son public. Le symbole de ce que d'aucuns ont toujours pris pour de la prétention. Delon se prend pour Delon. Et alors ? Normal, c'est Delon. Et il n'y en a qu'un. La fausse humilité des autres n'est qu'un piège à gogo. Un subterfuge de précaution.

Pour toute vraie star, c'est la grandeur assumée qui fait le rêve.

Ce soir-là, à Monaco, on a aussi parlé entre pères célèbres des responsabilités que cela engendre. Les reproches de nos mômes. Ce qu'on avait raté. L'ombre qu'on leur faisait malgré nous. Leur besoin d'exister par eux-mêmes. Une phrase en particulier résonne encore dans ma tête. D'autant plus aujourd'hui, en assistant au spectacle désespérant de la guerre familiale. Cet étalage médiatique à la fois clownesque et sordide, qu'on ne peut résumer que par un mot : indécence. Et ce au-delà des torts et des raisons des uns ou des autres.

Je lui ai dit :

— C'est pas facile d'être le fils d'Alain Delon.

Il m'a répondu :

— C'est pas facile d'être le père du fils d'Alain Delon.

J'ai écrit plus haut qu'il était moins important de bien commencer que de bien finir. Alain ne finit pas très bien, hélas ! Même si son ambition a été largement comblée. Sa vie est un blockbuster. On y croise des princesses, des faits divers, des boxeurs, des voyous, des triomphes, des armes, la fortune, le pinacle. Mais la fin du film est frustrante. Comme si la pellicule avait cassé juste avant la scène finale. Cette star-là, après sa mort, sera beaucoup pleurée. Quel dommage, pour certains comme moi, d'avoir eu à le pleurer de son vivant.

Le texte à venir s'appelle :

Dans mon cœur de gitan.

Il est en ligne sur des plates-formes. Je te conseille d'aller le regarder. Dans le dernier regard d'Alain en gros plan, il y a tout. Tout ce qu'il était vraiment. Cette fois, j'ai employé l'imparfait. Exprès. Pour l'imperfection. Celle de tout être humain. La faille de toute statue, même la plus majestueuse, est de ne pas avoir sous sa pierre un vrai cœur qui bat.

Celui d'Alain était immense, et il battait juste.

Dans mon cœur de gitan résonnent des guitares
Et les soleils d'avant rougissent ma mémoire
Des sourires de partout, quelques larmes tziganes
Des parfums andalous, d'étranges caravanes
Où j'attendais mon tour pour aller faire l'acteur
Pour être tour à tour ou bandit ou seigneur.

Dans mon cœur de gitan saignent des souvenirs
Mes charmeuses d'avant, mes amours, mes plaisirs
Qui dansent autour du feu où brûle ma jeunesse
Et je revois tes yeux ma sublime princesse
Quelques bagues en or, des paroles d'honneur
Des bagarres corps à corps et d'immenses pudeurs

Dans mon cœur de gitan, sommeille ma tribu
Des voyous, des marchands, des braqueurs d'absolu
Des petits frères d'âmes, l'orgueil à fleur de peau
Qui respectent les femmes et tatouent sur leur peau
Les trois points de l'envie d'être libre avant tout
Pour gueuler sans répit, les vrais hommes, c'est nous

Dans mon cœur de gitan, il y a un patriarche
Un vieux aux cheveux blancs qui m'a appris la marche
Droit devant, sans dévier du chemin qu'on se trace
Sans un regard en biais, toujours vivre de face
Ce pour quoi je suis né, ce pour quoi je me bats
L'honneur, la liberté, la fierté d'être droit.

Je te salue gitan, frère de mes colères
On est les descendants, les fils d'un même père
Voyageurs, comédiens, danseurs sur une place
C'était notre destin d'être de ceux qui passent.

Je veux pour testament que l'on garde après moi
L'image en noir et blanc du plus simple des rois
Et laisser pour toujours aux enfants de mon sang
Les battements d'amours de mon cœur de gitan

Encore la dernière phrase :

Et laisser pour toujours aux enfants de mon sang
Les battements d'amour de mon cœur de gitan

N'oubliez jamais ça, ses mômes !

Il vous aimait. Autant les uns que les autres.

Même si, pour certains, vous l'avez accusé de vous aimer mal. Paradoxalement, aimer mal, c'est mieux qu'aimer bien. Quand on dit « je t'aime bien », on n'aime jamais complètement. Quand on aime mal, c'est qu'on fait de son mieux, mais qu'on s'est égaré. Qu'on s'est trompé. Et toute personne a droit à l'erreur.

Qui n'en fait pas ?

L'ambition d'Alain a fait faire beaucoup d'erreurs à Delon. Quelques-unes de ses fréquentations dans la haute voyoucratie étaient loin d'être des enfants de chœur. Il a serré beaucoup de mains qui avaient du sang sur elles. Et puis les eaux troubles des combats de boxe, des courses de chevaux, des ventes de produits de marque. Et bien sûr son rapport aux femmes. Le machisme d'une autre époque.

Mireille Darc m'a confié :

— Un soir, pour sortir au Moulin Rouge, il m'a demandé de mettre la robe hyperéchancrée jusqu'à mi-fesses du *Grand Blond avec une chaussure noire.*

La fierté du paon. Montrer à tous la plus sensuelle, la plus attirante. À son bras. Sa propriété. Son bien. Sauf que sa forfanterie n'a pas résisté à la jalousie.

Mireille a poursuivi :

— Arrivés là-bas, tous les regards finissaient de me déshabiller.

— C'était prévisible.

— Oui. Mais ça l'a tellement contrarié qu'il m'a renvoyée à la maison pour me changer !

Imparfait une fois de plus. Et imbu, c'est sûr.

Le plus tard possible, j'espère, on va tout écrire sur lui. Tout dire. Tout analyser. Dans un tourbillon qui ne durera même pas le temps du deuil, ils vont encenser, déterrer des cadavres, romancer à l'envi. Et puis on passera à un autre. Un scandale sexuel, politique ou financier le relaiera dans le tiroir des marronniers. À ressortir un été ordinaire en cas de disette d'actualité.

Aujourd'hui, surmédiatisation flash oblige, même les légendes ont des dates de péremption.

Je garderai un souvenir inoubliable de cet homme. Surtout de cette humilité qui n'appartient qu'aux plus grands. Oui, oui, j'ai bien écrit « humilité ». Toutes les petites mains de mon émission *Le Plus Grand Cabaret du monde* pourront te le confirmer. Il a été le seul de cette envergure à les traiter avec autant de gentillesse, d'attention et de prévenance. Et ça, ce n'est pas du ragot de fond d'écran. C'est la réalité.

Pour finir, à titre personnel, je lui serai toujours reconnaissant d'avoir satisfait une de mes plus grandes ambitions secrètes : côtoyer les idoles de mon enfance. Un après-midi, au *Noël des animaux*, j'étais au plus près de lui et de Brigitte Bardot. Presque collés l'un à l'autre, ils se faisaient des confidences à l'oreille. Le môme que je suis resté était sur un nuage.

Cette photo est incrustée en moi à vie.

Nul ne guérit jamais de son enfance.

Une phrase de Jean Ferrat.

La préférée de Michel Drucker, dont je vais te parler à présent. En élargissant le sujet à la télévision en général. Michel en est certainement le pilier le plus emblématique. Vendu avec le poste, comme il s'amuse à le dire lui-même. Vendu, d'accord, mais à quel prix ?

Avec une question qui pour moi est essentielle :

— Michel aime-t-il vraiment Drucker ?

Sûrement. Mais peut-être pas complètement.

Encore un déguisement du carnaval des ambitieux. Dès le début, il a enfilé la panoplie du gentil. Du gendre idéal. Du clean. Du propre sur lui. De la bonne conscience. Il n'a jamais pris le risque d'en changer parce que sa notoriété était indissociable de cette image. À mon avis, indissociable est aussi la frustration qu'il doit trimbaler en secret. Enfin, pas toujours en secret.

Il me confie :

— Tu sais Patrick, j'ai eu envie souvent de me lâcher comme toi. De déconner, de tout oser, de me mettre sur le toit.

— Pourquoi tu ne le fais pas ?

— Mon public ne l'accepterait pas.

— Ce qui veut dire que Michel brûle parfois de l'envie de dire à Drucker d'aller se faire foutre ?

— Je ne le dirai pas comme ça. Mais ça s'en approche un peu de temps en temps.

À mon avis, c'est plus que de temps en temps. Surtout parce qu'il a côtoyé de très près tout ce que la planète show-biz comptait de déglingués. Johnny, Gainsbourg, Coluche, Le Luron, Depardieu, Carlos, Mourousi entre autres. Les audacieux sans limites des années 1980. Il a été témoin de toutes leurs frasques, tous leurs délires. Alors, certainement, l'envie a dû le démanger plus d'une fois de casser les codes de la bienséance obligatoire.

Qui nous dit qu'à l'instar de Gainsbarre, dans la séquence culte, il n'a pas eu en secret l'envie de la « *fucker* » lui aussi, la petite Whitney Houston ? Mais bon, ce soir-là, l'indignation était de rigueur. Et il répète à chaque sortie médiatique sa gêne devant l'outrage. Il se dédouane en permanence, parce que, comme il dit, son public n'accepterait pas qu'il en soit autrement.

Comme je le comprends !

Parce que en miroir de l'opposé, moi aussi, je suis tenu à cette exigence. Pour moi, c'est surtout rester gaulois, grande gueule, primaire. Nous sommes, chacun dans des camps totalement opposés, des caricatures obligatoires de nous-mêmes. Tenus de rester fidèles à notre image de marque sous peine de disgrâce. M'assagir pour moi, ou se dévergonder pour lui sonnerait le même glas. Celui de notre popularité.

Comme l'a parfaitement observé un ami aussi cash qu'impitoyable :

— L'air de rien, vous êtes très proches tous les deux. Passe-lui ton masque de beauf, il va se faire huer dans les maisons de retraite. Ils sont capables de lui balancer les dentiers à la gueule ! Quant à toi, joue à l'élégant amidonné et tu perdras l'estime des ordinaires. Et fini les fiestas populaires qui t'éclatent tant. Dans les deux cas, fin du deal et voyez caisse !

— L'ambition nous a enfermés dans nos personnages, quoi !

— C'est ça. En cage. Des perroquets de concours. Bien baisés en plus !

— Bien baisés ?

— C'est une image. Vous vous êtes fait enfiler par l'avatar de votre image de marque. Toi à la vaseline bon marché, lui au talc parfumé !

Bon, c'est hard, mais je ne fais que te rapporter une analyse dont je t'assure que chaque mot est authentique. Les images sont osées mais le propos est recevable. À ce stade de présence et de durée à l'écran, la caricature de soi-même est un passage obligatoire. Martin, Bern, Sevran, Hanouna, Reichman, pour les plus célèbres, sont tous l'illustration de cette outrance : le vrai moi est obligé de vivre sous la férule de l'autre, sous peine de divorce avec le public.

Avec quand même cet avantage enfoui, que, plus la façade est caricaturale, plus elle cache l'ambivalence. Plus elle masque la véritable nature. Au mieux valorisante, au pire inavouable parfois pour certains. Un miroir à deux faces insoupçonnable. Le précieux, bestial. L'exemplaire, cocaïnomane. À l'inverse, l'hystérique, timide. L'extraverti, éthéré. Pas de noms ! Je te laisse imaginer.

Pour Drucker, pas d'inavouable. C'est le Michel élégant et attentionné par nature qui a fabriqué le dinosaure cathodique. Il a rendu mille services. Il a caressé dans le sens du poil des centaines de personnalités qui venaient chez lui en toute confiance. Et alors ? C'est la moindre des politesses de recevoir avec tact un invité. Une bienveillance qui se perd de plus en plus dans la nouvelle télé avide de clash en direct.

Un responsable de ces nouvelles chaînes du câble me l'a confirmé :

— L'époque a changé. Le cirage de pompes, ça n'intéresse plus grand monde. Si on leur rentre un peu dans la gueule, ça monte dans les tours et ça peut faire du buzz. C'est la clé de la rentabilité. Clash plus buzz égale audience. Et audience égale rentrées publicitaires. On n'est pas là pour faire du social, on est là pour faire du profit.

— Drucker, t'en penses quoi ?

— Un très bon. Mais c'est Tino Rossi. Au cas où tu ne t'en serais pas aperçu, on est passé à Booba !

Il a raison, l'encâblé, hélas !

On a changé d'époque. N'empêche, tous ces nouveaux animateurs, journalistes ou chroniqueurs prêts à toutes les arrogances, avec la gloriole et le tiroir-caisse en arrière-pensée, me désolent. On a gagné en efficacité ce qu'on a perdu en bienveillance. Je ne suis pas un grand adepte de la mode mais j'ai toujours préféré le cuir au skaï. Je n'aime pas les faussaires.

L'élégance et la bienveillance de Michel n'ont jamais été feintes. Il ne s'est jamais forcé à être prévenant. Alors c'était un rôle, soit, mais pas de composition. Et il s'y est tenu sans déroger à sa règle immuable : ne pas décevoir le téléspectateur. Et aussi sa famille. Ses parents surtout, qui le considéraient comme le moins louable du clan. Ils lui rêvaient une autre ambition que passeur de plat à la télévision. Même au sommet de son succès, ils l'auraient préféré médecin.

Son frère Jean, qu'il admirait, avait droit, lui, à cette estime. Ce manque de reconnaissance a beaucoup blessé Michel en secret. C'est pour cela qu'il fallait qu'il soit d'autant plus irréprochable. Digne. Bien éduqué. Tiré à quatre épingles. Poli. Exemplaire. Pour ne pas laisser quoi que ce soit dévaloriser son image. Par respect pour son public, bien sûr. Mais surtout pour se rapprocher de l'excellence afin de tenter d'extorquer à son père un semblant d'admiration.

Ce n'est que presque au bout du parcours que le vent du boulet a déstructuré un peu son brushing interne.

Le couloir de la mort incite souvent à ouvrir des portes qu'on n'avait jamais osé franchir. Lors de ses récents graves problèmes de santé, il est passé tout près du grand départ. J'imagine avec une réelle compassion le calvaire de l'hypocondriaque qu'il est. Certaines de ses nuits de solitude ont dû être peuplées de terreur. Sans doute aussi de regrets.

Et il y avait de quoi en avoir. Lui, l'ascète. Couché de bonne heure. Sportif du matin sans jamais déroger à la routine. Pas d'alcool, pas de tabac, pas d'excès. Adepte des contrôles médicaux quotidiens. Et puis, bing ! Malgré toutes les privations et les précautions, le corps qui lâche.

Je suppose qu'il a dû d'abord prendre ça comme une injustice terrible. Avoir protégé sa santé à ce point-là, et la voir se dégrader comme celle d'un vulgaire bambochard. De quoi avoir des regrets, en effet. De quoi énumérer dans sa solitude postmédicale tous les plaisirs qu'il a sacrifiés au nom d'une intégrité physique irréprochable.

À cette occasion, il lâchera une phrase sur le ton de l'humour. Pour moi, elle est bien plus profondément sincère qu'ironique :

— Finalement, je crois que c'est Depardieu qui a raison !

Quoi qu'il en soit Drucker finira vieux. Comme Delon. Comme Johnny. Le destin l'a voulu ainsi. L'occasion de poser une question :

— Si l'ambition suprême de tout homme public est d'entrer dans la légende, ne vaut-il pas mieux mourir en pleine gloire ?

Comme James Dean, Balavoine, Coluche, Janis Joplin, Dassin, Marilyn entre autres. Éternellement jeunes. Icônes préservées par l'arrêt sur image des marques du temps, de la décrépitude, voire de l'oubli. Et bien entendu, de ce karma interrompu découle une autre question. Celle dont je suis certain d'avoir la réponse, mais qui va encore faire débat dans le camp des sceptiques.

— Ces morts avant l'heure étaient-elles évitables, ou étaient-elles inéluctables parce que préécrites ?

Si on avait pu lire l'avenir, c'est une question qu'on se serait posée lors de la première émission de variétés qu'a coanimée Michel Drucker avec Claude François. Elle s'appelait *Avec le cœur*. Michel et Claude, deux destins croisés. L'un pérenne, sculpté d'année en année. L'autre, éphémère, brisé en plein élan. Avec, tu vas le constater, un relationnel troublant entre les deux.

Déjà, parce que c'est à un show de Michel que Claude devait participer le jour de sa mort. Une émission qu'au départ il ne voulait pas faire. Mais c'est justement « avec le cœur » que Michel l'a convaincu de bouleverser son emploi du temps pour y être présent.

Ça fait quelques pages que je ne t'ai pas parlé de synchronicités. Là, pour le coup, je vais t'en offrir une farandole. Avec une présence surprenante de l'inéluctable. Tu verras qu'il n'est pas exagéré d'extrapoler au sujet du titre de l'émission de Michel *Les Rendez-vous du dimanche.* Parce que pour Claude François, c'était clairement *Rendez-vous avec la mort.*

Reconstitution.

La conversation n'est pas au mot près, mais elle a existé.

— Allô, Claude, c'est Michel. Je sais que ce n'était pas prévu dans ton emploi du temps, mais il faut que tu me dépannes. J'ai absolument besoin de toi pour l'enregistrement des *Rendez-vous du dimanche*, samedi prochain.

— Désolé Michel, mais c'est pas possible. Je chante à Leysin en Suisse, la veille. J'ai prévu de ne rentrer que samedi soir.

— J'ai vraiment besoin de toi. Fais ça pour moi. Prends ton avion privé.

Avec le cœur. À l'amitié. L'avion ne devait pas décoller à cause du brouillard. Il décollera quand même. Claude dormira à Paris. Et avant d'aller rejoindre Michel aux Buttes-Chaumont, il prendra son bain. Le dernier. Le scénario du préécrit à la lettre. Pour honorer sa loyauté envers Michel, la décision de faire une émission à laquelle il ne devait pas se rendre. Et malgré l'interdiction de décoller, l'avion qui rejoint quand même Paris.

Comme si, effectivement il avait rendez-vous avec la mort.

On peut même y ajouter l'électricien qui était venu à son appartement du boulevard Exelmans le mardi précédant le samedi du drame. Il devait réparer le circuit électrique défectueux. Comme Claude dormait et qu'il ne voulait pas être dérangé, l'intervention a été remise au lundi suivant... Deux jours trop tard.

D'autres synchronicités se rapportent à l'électrocution de Claude. Deux d'importance minime. D'abord le logo de sa maison de disque « Flèche ». C'était un éclair. Le symbole de la foudre. Et puis, au début de sa carrière, Claude avait eu un grand chagrin d'amour. Il s'était fait piquer Janet, la première vraie femme de sa vie, par Gilbert Bécaud... Celui qu'on surnommait monsieur Cent mille volts !

Je sais, c'est très anecdotique.

Presque de quoi en sourire.

La dernière synchronicité est nettement moins gaie. Elle a même des allures de malédiction. Il y avait eu un drame, avant qu'il l'occupe, dans l'appartement du boulevard Exelmans où il a trouvé la mort. Il ne le savait pas en l'achetant. S'il l'avait su, sans doute se serait-il installé ailleurs. C'est une voisine qui l'a informé une fois installé. La propriétaire d'avant s'était suicidée… dans sa baignoire. Quand il l'a appris, il a fait démolir et reconstruire la salle de bains.

Ça n'a rien empêché, hélas !

Mais le plus troublant, c'est qu'après sa mort un éditeur a acheté cet appartement. Évidemment au courant des circonstances de la mort de Claude, il a tout chamboulé. En priorité, il a interverti les pièces par superstition. La chambre s'est retrouvée à la place de la salle de bains. Dans cette chambre, sa femme se suicidera en avalant une forte dose de barbituriques.

Alors ? Préécrit ou pas ?

Sans doute y a-t-il des synchronicités dans la vie de Michel Drucker. Je n'en ai pas trouvé de particulières. Juste une correspondance peut-être. Il y a du Molière dans son entêtement à ne pas lâcher son canapé rouge. Mourir sur scène. Et qui plus est en médecin malgré lui. Comme je te l'ai déjà dit, sa famille aurait souhaité qu'il reprenne le flambeau. Plutôt le caducée. Toubib de campagne comme papa.

Il l'a été à sa façon. Docteur des âmes. En consultation hebdomadaire. Avec une patientèle fidèle. Les bateleurs, les artistes sont tous des soigneurs. Ils mettent du baume sur les blessures de chacun. Le traitement est homéopathique, soit, mais diablement efficace. L'alchimie de la souffrance et du réconfort. Elle transforme à une consonne près, les douleurs en douceurs.

Pour en revenir à Molière, l'hypocondrie de Michel colle aussi parfaitement avec *Le Malade imaginaire*. Même les pires de ses détracteurs peuvent y trouver leur compte. *L'Avare*, *Tartuffe*, *Les Fourberies de Scapin*. Pour ma part, j'en resterai au *Bourgeois gentilhomme*. En décomposant l'adjectif : gentil homme. Une race en voie de disparition. Aujourd'hui, dire de quelqu'un qu'il est gentil est presque avilissant, hélas !

Michel est un vrai gentil. Et c'est un vrai compliment.

Encore une fois, putain d'époque !

Pour l'enchaînement, un juron de la même veine :

Putain de camion !

Celui qui a fracassé Michel Colucci, dit Coluche, bien sûr. Un accident ? Sans doute. Ou pas. En tout cas, une fois de plus, pour moi le préécrit. Il aurait suffi qu'il parte trente secondes avant, ou qu'il traîne trente secondes de plus à la plage avant de prendre la route d'Opio. Et il serait passé juste avant ou juste après le camion. Je connais bien ça.

La nuit de son accident, j'ai serré mon fils dans mes bras trente secondes avant qu'il prenne la route. Si je ne l'avais pas serré ? Si je l'avais serré trente secondes de plus ? Peut-être que… Non, c'était écrit comme ça. Et même si ça ne l'était pas, ça a l'avantage d'atténuer la culpabilité. Alors autant y croire.

Novembre 1980.

— On va leur foutre au cul !

Le clown génial sort de scène en nage. Tout le Théâtre du Gymnase scande son nom :

— Coluche président ! Coluche président !

Dans sa loge, il allume son pétard. Il tire une longue bouffée et me le tend.

— T'en veux ?

— Non, c'est pas mon truc

— T'as tort !

— Ou pas. Par contre un petit whisky, je dis pas non.

— Là, t'as raison. Boire ou mal se conduire, faut pas choisir !

Coluche en cette fin d'année quatre-vingt, c'est la gloire véritable.

À ce moment-là, la France ne parle que de lui et de sa candidature à la présidentielle. Le tourbillon. La mission. Les intentions de vote vont battre des records. Un pavé dans la mare. Un caillou dans la chaussure. Une salopette dans les costards. L'ambition d'être président de la République, l'a-t-il réellement ? À ce moment-là, pas encore. Ça reste un canular. Ce n'est que quelques semaines plus tard qu'il va prendre la farce au sérieux. Trop au sérieux.

Parce qu'il se mettra à y croire vraiment. Et qu'il commettra une faute qu'on pardonne rarement aux carnavaleux. Il ne faut pas changer de déguisement en cours de défilé. L'ambitieux envisagera de troquer sa salopette contre un costume officiel. Le boomerang de l'orgueil reviendra le percuter en pleine gueule. Il fracassera bien d'autres choses. Sa famille, son moral. Sa moto aussi ? Va savoir ?

Ce soir de novembre 1980, il me demande :

— Tu me ramènes rue Gazan ?

— Avec plaisir.

J'ai déjà raconté l'anecdote dans un autre livre, mais elle a encore plus sa place dans celui-ci. Parce qu'elle illustre parfaitement le principal talon d'Achille de toute ambition réalisée : la solitude. L'expression dit « noyé dans la foule ». « Noyé », c'est le mot exact. Quand ils sont trop nombreux autour de nous, on coule. Au point qu'à chaque premier janvier on pourrait s'envoyer à nous-mêmes des vœux de bonne apnée !

La maison de Coluche de la rue Gazan était remplie de copains et de copines. Un mélange de résidents et d'occasionnels. La fête non-stop. Musique, bouffe, piscine, baby-foot, alcool, vasques de cocaïne. Aux frais du clown bien sûr. Attention ! il n'y avait pas que des profiteurs. Beaucoup de sincères aussi.

C'était la première fois que je découvrais l'antre. Ce n'était pas faute d'y avoir été invité auparavant, mais ce genre de communauté festive n'a jamais vraiment été ma came. Dans les deux sens du mot. Puisqu'en ces années 1980 c'était la dope obligatoire. Je n'ai rien contre, chacun ses béquilles, mais c'est pas mon truc. D'autant plus que je déteste les modes de meute.

C'est mon côté *Dernier des Mohicons* ! Si un jour, plus personne n'en prend, il y aura une chance que je m'y mette. Autant te dire qu'il y a de la distance entre la ligne blanche et mes narines !

Après un tour rapide du propriétaire, j'ai dit à Michel :

— Bon, ben, je vais y aller.

— Déjà ! T'as pas trouvé de gonzesse à ton goût ?

— Si, mais c'est la tienne !... Non, j'déconne. Y a tout ce qu'il faut, mais c'est presque trop pour moi. Et puis je les ai matés, tous. Y a des vrais copains, mais y a aussi quelques taches. Ma baraque avec toute cette faune, moi je pourrais pas.

Il m'a balancé la phrase avec un visage de clown triste.

— J'ai pas d'amis, alors j'me les paye !

Et, en un éclair, le clown gai a tout de suite repris la main.

Il a chantonné la parodie d'une pub pour les pâtes Panzani célèbre à l'époque :

— Des potes, des potes, mais pas de vrais amis !

La politesse du désespoir ? Peut-être. Je n'ai pas été suffisamment proche du personnage pour l'analyser dans ses moindres recoins. Mais ce que j'ai connu de lui m'amène à une conclusion qui va sans doute te choquer.

Une hypothèse que la plupart vont balayer d'un revers de main. Jamais envisagée, donc pour eux inenvisageable.

Et si l'accident était un suicide ?

Avant de me traiter de mythomane, laisse-moi développer.

J'ai fait deux tentatives dans ma vie. Pour un chagrin d'amour, mais pas que. Soûlé par l'alcool autant que par le vertige du tourbillon médiatique. L'envie de sauter quand le manège tournait trop vite. Je te jure qu'une minute avant de nouer la corde autour de mon cou ou d'avaler toute ma pharmacie, je n'en avais pas la moindre envie.

Ça m'a submergé d'un coup. Une pulsion irrésistible. Une pulsion qui est retombée d'ailleurs en quelques secondes une fois le geste accompli. C'est courant. Ceux qui se défenestrent ont souvent le bout des doigts arrachés. Au dernier moment, ils essaient de se raccrocher.

Il m'est arrivé aussi, le soir de la mort de mon fils, de défier la mienne. Lancé à pleine vitesse sur l'autoroute, plusieurs fois, j'ai fermé les yeux. Un instinct de survie me les a fait rouvrir. Un instinct, ou encore une fois le préécrit qui avait décidé que ce n'était ni le jour ni l'heure.

Pour Coluche, je n'affirme rien. J'échafaude seulement. Et ma théorie n'est pas plus inacceptable que celle du complot de barbouzes avec un plan de guet-apens prémédité dans les hautes sphères du pouvoir. D'autant que les éléments qui étayent mon ressenti sont tangibles, pas imaginaires.

À cette époque, Coluche était en souffrance. Sa rupture avec Véronique l'avait marqué bien plus qu'on le croit. Il était sorti de l'héroïne, mais la came était encore omniprésente. Il y avait aussi le rosé d'été qu'il avait bu avant de monter sur sa machine. Il traînait encore les stigmates de sa candidature avortée. La haine tenace de certains. Sa maison en Guadeloupe avait été incendiée.

Pour moi, c'est clair, plus que jamais dans sa vie, il était en manque d'amour. C'est d'ailleurs sur cette blessure dans les yeux que Claude Berri avait construit le personnage du pompiste de *Tchao Pantin.* Criant de vérité. Et pour cause !

Moi je file un rancard à ceux qui n'ont plus rien
Sans idéologie discours ou baratin
On vous promettra pas les toujours du grand soir
Mais juste pour l'hiver à manger et à boire

Les Restos du cœur. Ça a été, j'en suis convaincu, d'abord un exutoire pour lui, au-delà de l'œuvre humanitaire sincère. Je ne mettrais jamais en doute sa générosité réelle.

Mais chaque remerciement, chaque reconnaissance du peuple des oubliés a participé à la cicatrisation de ses blessures. À l'instar de la citation un peu plus haut, ça a assouvi partiellement le besoin qu'il avait qu'on le serre fort pour lui recoller les morceaux.

Je suis allé dans son bureau, à Europe 1, quelques mois avant sa disparition. Il avait affiché au mur les lettres d'insultes, les menaces de mort, les cercueils dessinés.

Je lui ai demandé :

— Ça te plombe pas le moral d'avoir ça tous les jours sous les yeux ?

— Non, c'est comme si j'affichais des diplômes de connerie officielle !

— Ça fout quand même la trouille ! C'est des dangereux.

Il a tiré une fois de plus sur son pétard géant, et il m'a dit :

— Le plus dangereux pour moi, c'est moi. Question de nature. Tu le sais bien, tu es scorpion comme moi. On est des suicidaires. Il paraît que le scorpion fait ça en se piquant avec la queue derrière la tête. J'suis souple, mais ça va pas être facile !

Encore une pirouette avec le regard de clown triste.

Alors, sur la route d'Opio, le brouillard dans la tête. Le cœur fissuré. Pas de casque. Peut-être aussi la réminiscence soudaine du suicide de son pote Patrick Dewaere. Lui aussi essoufflé de vivre entre drame, rage et héroïne. Il suffisait d'une pulsion. Semblable à celles que j'ai bien connues. Un ordre de l'inconscient que, l'espace de quelques secondes, on ne peut pas maîtriser… Un léger coup de guidon… Le détournement d'une main invisible qui veut faire respecter ce qui est préécrit ?

Un médium m'a dit :

— Tu as raison, Patrick. C'est aussi ce que je ressens.

— Je ne cherche pas à avoir raison. J'essaie juste de trouver une explication à un fait divers qui apparemment n'en a pas.

Pour moi, cette mort-là était inévitable. Je maintiens plus que jamais mon concept de préécrit. Certains sont même allés plus loin dans l'irréel. Ils ont parlé de punition divine. Le 25 septembre 1985, Coluche avait épousé en fausses noces Thierry Le Luron. Les croyants avaient parlé de blasphème. L'accident, une punition de Dieu alors ? Toujours est-il que Thierry est mort la même année, cinq mois après Coluche. Un an après le prétendu sacrilège. Le hasard ?

Il me manque tous les jours, l'enfoiré en chef. Parce qu'il n'y a pas que lui qui est mort dans l'accident d'Opio. C'est toute cette période de liberté de parole et de penser, dont il était le symbole, qui est partie en vol plané. Et qui retombe chaque jour en débris clairsemés. J'entends tellement souvent :

— Ah, si Coluche était là ! Qu'est-ce qu'il leur mettrait dans la gueule !

Il ne leur mettrait pas grand-chose. Il ferait peut-être de la scène en résistant. Certainement pas de la télé sous cellophane. Du cinéma pour le cachet. Du réseau social, noyé dans la masse des Youtubeurs. Bien obligé de rentrer dans le rang. Comme le petit peuple dont il était à la fois le fils et le père. Celui qui continue à défiler aux Restos du cœur pour y trouver, outre de quoi se nourrir, un peu de la dignité que les puissants lui volent chaque jour.

C'est la griffe fashion de la haute société : les salopards n'aimeront jamais les salopettes.

Une dernière synchronicité. Elle me lie à Michel pour toujours.

Au moment de sa mort dans le Sud, Fanfan, une Coco girl de la troupe de Collaro, gardait la maison de la rue Gazan. Coluche aurait bien aimé qu'on se mette ensemble. Je vivais à cette époque avec une danseuse charmante du Crazy Horse, et je n'envisageais pas de changement.

Le corps de Michel a été rapatrié rue Gazan, en attente d'être enterré au cimetière de Montrouge. La première nuit, Fanfan, à quelques mètres du cercueil, m'a appelé. On s'est parlé longtemps. Très longtemps. Et c'est à ce moment précis qu'a démarré notre histoire d'amour. On a vécu ensemble pendant cinq ans et on a eu un enfant.

Coluche est mort le 19 juin 1986 en début d'après-midi.

Benjamin, notre fils, est né le 19 juin 1991 en début d'après-midi.

Encore le hasard ? Vraiment ?

Pour terminer ce chapitre, je vais t'offrir deux portraits croisés.

Ceux de Johnny, la star absolue, et de Camille, un anonyme pour toi. Afin de comparer deux destins. Deux vies aux antipodes l'une de l'autre. Et ainsi aller encore plus loin dans mon analyse de ce qui est le vrai fondement de toute ambition.

Deux hommes de la même génération, à quelques années près. Johnny Hallyday L'idole. L'incontournable. Incrusté dans la mémoire française. Un monument. Et Camille

Contrand, incrusté à tout jamais dans ma mémoire à moi. Ma légende. Sans qu'il ait réalisé le moindre exploit. Sans aucun titre de gloire nationale. Sans aucune photo à la une des journaux. Mais avec le mérite de m'avoir élevé à partir de l'âge de sept ans. D'avoir été mon véritable père. Moi, le bâtard d'un autre.

Métaphoriquement, deux trains. Un TGV rutilant et un TER poussif. Le premier, pressé. Pas le temps d'admirer le paysage. Le deuxième, plus lent. Avec des wagons pour contemplatifs. La première classe pour l'un, la banquette ordinaire pour l'autre. Et au bout du voyage, quoi qu'il en soit, la même gare. La seule véritable justice de nos existences. Camille est mort de maladie à l'hôpital de Brive. Johnny, de maladie aussi, dans sa grande villa de Marnes-la-Coquette. Déséquilibre de décorum, mais égalité de dernier souffle.

Qu'elle soit éclairée de dix lustres ou d'une simple bougie, quand on éteint la pièce, c'est la même obscurité.

Camille était un taiseux de campagne, autant que Johnny était un hurleur des villes. Les mains de Johnny étaient des mains d'artiste. Fines. Délicates. Celles de Camille étaient épaisses. Calleuses. Des mains de paysan, de routier, de boucher. Tous ces métiers qui lui avaient buriné la peau et creusé le visage. Celui de Johnny trimbalait en alternance le bronzage des maquilleuses et celui des îles.

Même chez les saints, on fait dans la différence de classe. Saint-Barth la luxueuse pour Johnny. Pour Camille, Saint-Mesmin, un tout petit village de cambrousse à la lisière de la Dordogne. Johnny s'est marié cinq fois. Camille n'a jamais divorcé de Maman. Les enfants de Johnny se sont déchirés autour de l'héritage. Camille n'a laissé aucune fortune. Ni à moi, ni à mon demi-frère et ma demi-sœur. Il nous a juste légué le plus important des trésors : l'éducation. L'ambition de sa vie a été tout simplement de rester intègre, et de nous transmettre cette intégrité.

Avant de croiser Johnny et Camille à nouveau, je vais m'arrêter plus longuement sur celui qu'on appelait « le Taulier ».

Nous ne nous sommes rencontrés que rarement. Je ne faisais partie ni de sa cour rapprochée, ni de ses animateurs préférés. Il n'a participé à aucune de mes émissions. Mais j'ai toujours eu pour l'artiste une réelle admiration. Et puis dans les nuits folles des années 1980 à Paris, on a parfois bu dans les mêmes bouteilles, partagé les mêmes filles, échangé de rares confidences. Ça ne suffit pas pour prétendre connaître vraiment l'homme. Mais pour le deviner un peu, peut-être.

Villa Molitor, chez lui, un soir autour de sa table :

— Tu sais, Patrick, j'ai les photographes derrière moi depuis l'âge de seize ans. C'est pas facile à vivre.

La cage dorée. La bête traquée. La fuite. Dans l'alcool entre autres.

Un peu plus tard, après quelques verres, un conseil de pérennité artistique :

— Si on veut durer, il faut faire parler de soi tous les six mois.

Ce qu'il a fait. Un spectacle, un disque, une frasque. Parfois une nouvelle conquête en tête de gondole. Chacun son bar à pubs.

Un comptoir de nuit, beaucoup plus tard :

— La femme de ma vie c'est Sylvie. Même si je peux avoir n'importe laquelle. D'ailleurs, c'est sûrement pour ça que je ne l'ai plus, elle.

Infidèle. Collectionneur. Plus gibier que chasseur. J'en ai croisé quelques-unes, honorées par lui en moins de temps que Chirac sans compter la douche :

— Je me suis fait Johnny.

— Et alors ?

— Alors rien. Je me suis fait Johnny !

Je ne te cache pas que, minot, je rêvais d'être lui. Comme la majorité des gamins de mon âge. On voulait tout comme lui. Les guitares qui hurlent autant que les filles au premier rang, le fric, les vestes à paillettes, les belles bagnoles. Et surtout le pouvoir magique du show man. Une hypnose.

Je suis allé le voir pour la première fois au théâtre de Brive en 1969. Presque à reculons.

J'avais dit, sentencieux, à mes potes de lycée :

— J'y vais par curiosité. Autant pour lui que pour voir les crétins qui hurlent comme des hystériques devant la scène. Quelle bande de nases !

Au bout de dix minutes de concert, c'était moi le nase, le crétin hystérique qui gueulait « Johnny ! Johnny ! » au ras du podium. Envoûté. Déchaîné même, quand il a arrêté d'un coup une chanson pour dire :

— Je vois qu'il y a des flics sur les côtés. On n'a pas besoin d'eux. Je ne recommencerai que quand ils auront quitté cette salle.

Putain d'ovation !

Les flics sont sortis et ça a été la folie. Le lendemain, je suis même allé le guetter à la sortie de son hôtel. Il est apparu, magnifique. Lunettes noires, gardes du corps. Il s'est engouffré dans sa Bentley et a filé vers une autre ville. Un autre orgasme partagé. Ah, ça, il nous a fait fantasmer, l'idole ! Jusqu'à transcender notre quotidien. Acheter du cuir, des guitares. Jouer les durs. Boire, fumer comme lui. Siffler les passantes dans la rue.

— Cette fille-là, mon vieux, elle est terrible !

L'archétype d'une autre époque. Celle où la virilité n'était pas encore honteuse. Johnny représentait le mâle dans toute sa splendeur. Dans toute son ignominie pour les nouveaux procureurs de la vie publique de ce vingt et unième siècle. Il était de ceux que la nouvelle morale renvoie aujourd'hui à l'abstinence et à la précaution. Et, en couple modèle, aux travaux ménagers et aux couches-culottes.

Tu l'imagines le Taulier scotchant les Pampers ou poussant le Dyson ? Non, bien sûr. Je ne dis pas que c'est avilissant, loin de là. Le partage des tâches, la libido sous contrôle, sont un véritable progrès pour l'égalité sociale.

Mais comme m'a dit un de ses fans, biker boomer :

— Heureusement qu'il est mort à temps ! Pour son entrée en scène, ils auraient été capables de lui imposer la trottinette électrique en guise de Harley !

Johnny, c'était d'abord un charisme hors norme. Une aura rarissime. Quand il entrait dans une pièce, on ne voyait que lui. Chaque personne présente projetait sur lui une part d'elle-même. Sa jeunesse, son envie de gloire, son besoin de liberté. La pérennité avait inscrit au moins une chanson de lui dans la mémoire de chacun. Alors, inconsciemment, ça réveillait le souvenir d'une amourette, d'un amour, d'un parent disparu, d'une colère, d'une injustice, d'un bonheur.

Particularité intéressante pour le sujet qui me guide dans ce livre, à l'inverse de la majorité de ceux dont je t'ai parlé jusque-là, il n'était « que » Johnny Hallyday. À aucun moment je ne l'ai vu accompagné de Jean-Philippe Smet. De son enfance. Le plus remarquable dans l'ambition de cet homme, c'est ça. Pour moi, il n'a pas fait que revêtir une apparence. Son avatar a totalement pris possession de lui. Au contraire de Delon, il n'a jamais parlé de lui à la troisième personne comme d'un autre. Et pour cause, il n'était que Johnny. Sans autre état d'âme que ses ressentis de star.

Une nuit, dans l'arrière-salle du Little Italy, un restaurant de Montmartre à la mode, il m'a confié entre deux whiskies :

— Si je pouvais, je passerais chaque minute de ma vie sur scène. Il n'y a que là que j'existe vraiment et que je suis complètement heureux.

Une bête de scène.

Le roi des animaux. Lion. C'est peut-être pour ça que la femme de sa vie était de ce signe astrologique-là. Va savoir ! Sûr qu'à l'instar de Barbara il aurait pu chanter à son public : *Ma plus belle histoire d'amour, c'est vous.* Le reste est anecdotique. Des instruments de survie. Le bagarreur, le tombeur, le fêtard, le cuir, les motos, c'était juste des accessoires pour habiller le chanteur star. Au gré des modes. Rocker, hippie, winner, loser, fleur bleue, métal, soutien politique à géométrie variable.

Pour moi, la véritable intelligence, c'est la faculté d'adaptation.

Dans ce domaine, Johnny était doté d'un sixième sens hors du commun. Il savait renifler l'air du temps, adapter sa scénographie et ses sorties médiatiques à l'engouement du moment. Alors c'est vrai que pour les plus farouches de ses détracteurs, il était indécemment opportuniste, dépensier, menteur, arriviste, imbuvable de forfanterie avec ses conquêtes. Et surtout, pour les plus exigeants en matière d'aura intellectuelle, il manquait cruellement d'érudition.

Un de ses amis compositeur a balayé la critique en me disant :

— Chacun son talent. Si Jean-Paul Sartre avait voulu chanter ses textes, il n'aurait même pas fait un strapontin.

Pour faire des tubes, il vaut mieux ne pas se tromper de Jean-Jacques… Rousseau, ça ne vaut pas Goldman !

Ils étaient un million pour accompagner le cercueil de Johnny.

À l'enterrement de Camille, nous n'étions que quelques dizaines. Johnny repose seul dans son île. Camille repose près de son « elle », Maman. Johnny m'a fait rêver. Camille m'a fait grandir. Johnny a bouffé la vie en se couchant tard. Camille a fait bouffer la mienne en se levant tôt. L'ambition de Johnny était d'être le premier. Un génie. Camille s'est satisfait d'être le deuxième. À défaut d'être géniteur.

La valeur d'un homme ne se mesure pas en disques d'or.

Elle se mesure en disque dur. Celui de la mémoire.

Dans la mienne, il y a la voix de Johnny, souvent.

Mais toujours, il y a celle de Camille qui me disait :

— Où que tu ailles, souviens-toi d'où tu viens. Je suis fier que tu sois célèbre. Moi je ne l'ai pas été, mais j'ai été heureux quand même. N'oublie pas d'être heureux.

Johnny a-t-il oublié d'être heureux ?

Sur scène, jamais. Dans la vie, peut-être, mais rien n'est moins sûr.

Johnny était admirable.

Mais c'est Camille que j'ai le plus admiré.

CHANTAL, JACQUES,
MICHEL, MARC
ET LES AUTRES

Les statues déboulonnées.

Le mot « statue » est peut-être exagéré pour certains. Disons, célébrités abattues en plein vol. Quand l'ambition se brise net. Quand un pilier du trépied lâche. Pour une faute d'argent, de sexe ou de pouvoir. Le moment où les projecteurs s'éteignent d'un coup. Avec, dans presque cent pour cent des cas, la certitude la plus fatale à l'ambition accomplie : se croire intouchable.

Consciemment ou inconsciemment.

Lyon 13 décembre 1985. 21 h 30.

Une émission de télévision.

L'ambiance est festive.

J'ai été invité par mon presque homonyme à venir faire l'artiste. Pendant que Patrick Sabatier officie en direct devant des millions de téléspectateurs, en coulisses ça délire grave. L'alcool à volonté y est pour beaucoup. C'est les années 1980. Pas de flic de la santé pour gâcher la fête.

À jeun, j'observe les soiffards avec un œil condescendant. J'ai arrêté définitivement de boire il y a tout juste un mois. Je les regarde se lâcher en nouvel ascète. En me disant que, quand même, ces gens qui parlent fort et qui titubent un peu, c'est pas très classe ! Je n'arrive même pas à imaginer que j'aie pu être aussi pitoyable. Un renégat, quoi ! Comme un Stéphane Bern qui aurait démissionné de *Secrets d'histoire* pour prendre une carte du parti communiste.

Je suis venu faire ma promo d'imitateur avec un titre qui s'appelle *Oui à l'Auvergne*, une parodie de *We are the world.* Du léger, du futile, du joyeux. Pour m'accompagner, une dizaine de figurants en costume traditionnel. Parmi eux, les membres d'un service de sécurité local qui encadre mes spectacles chaque fois que je passe dans le coin.

Je leur avais proposé :

— Ça vous dirait de faire les bougnats derrière moi ?

— Mais bien sûr. On est intraitables pour la sécurité, mais toujours prêts pour la déconne. Surtout avec toi, Patrick !

Des potes. Service d'ordre au boulot, au service d'un désordre bon enfant en off. Des bons vivants qui, à eux seuls, avaient déjà vidé la moitié du bar. Des sympas qui n'employaient la force qu'en cas d'extrême urgence.

La plupart du temps, un regard noir et un roulement d'épaule suffisaient.

C'est d'ailleurs un de ces roulements d'épaule qui venait de calmer les ardeurs éthyliques de mon ami Jean-Jacques Debout. Pas méchant, mais nettement casse-couilles au fil des verres descendus. C'est le fondement de l'ivrognerie que je connais bien. On se croit meilleur. En fait, on ne l'est pas, mais quand on est mauvais, on ne s'en aperçoit pas. La suite va le prouver.

Jean-Jacques était là pour accompagner sa femme, Chantal Goya, qui était la vedette du *Jeu de la vérité.* Pour les plus jeunes, c'était une émission phare de ces années-là, où des téléspectateurs en direct posaient des questions par téléphone. L'invité-vedette jurait de dire la vérité, toute la vérité, rien que la vérité.

J'ai apostrophé un de mes « bougnats » :

— Excuse-moi de te casser un peu la fête, mais va falloir être très vigilant, Jacquot.

Son amitié pour moi dépassait la mission de sauvegarde. En parfait cerbère, il m'a demandé :

— Y a embrouille ? On est là pour se marrer avec toi, mais tu sais que s'il y en a un seul qui t'emmerde, on le remet dans l'axe tout de suite.

— Non, c'est pas pour moi. Y a une femme qui vient de téléphoner. Son mari a pris un fusil, et il est en route pour venir la tuer.

Il a ouvert de grands yeux :

— Tuer qui ?

— Ben, Chantal Goya.

Surréaliste !

Un assassin au pays des fées ? Mais pourquoi ?

Un chasseur qui viendrait se venger du lapin ? Un amoureux éconduit de Bécassine qui voudrait dézinguer sa cousine ? Un ami des animaux qui croyait que la peluche était faite avec de la vraie fourrure de panda ? Un cordonnier auquel on aurait oublié de régler la facture des pompes du chat botté ?

Chantal, à l'époque, était la mégastar des enfants. La reine du youpala, la fée des barboteuses. Des millions de disques vendus. Des spectacles à guichets fermés dans tout le pays. Avec Jean-Jacques, ils avaient monté un empire. Rien ne leur résistait. Ils étaient les rois à la télé. Chaque apparition était une garantie d'audience record.

Leurs shows féeriques avaient envoûté des milliers de petits. Le merchandising était une mine d'or.

En quelques secondes, tout allait s'écrouler comme un château de cartes. À cause d'une malversation financière ? Un scandale sexuel ? Même pas.

Juste à cause de quelques phrases en trop.

Rappel pour ceux qui ne connaîtraient pas les tenants et les aboutissants du scandale. Une institutrice a appelé en direct et a reproché à Chantal d'être abêtissante pour les enfants. Et, à la surprise de tous, la fée s'est transformée en sorcière. En prenant les enfants à témoin, elle s'est moquée de l'institutrice :

— Vous ne savez pas qu'on est dans une forêt magique ? Avec un très joli arbre. Avec Jeannot lapin. Que les enfants sont des petites souris autour de moi ? Écoutez, ma petite dame, on ne peut pas parler parce qu'on ne se comprend pas. Je suis une fée !

Pas d'insultes. Mais un mépris dérangeant. Des grimaces. D'un côté une femme responsable et posée qui ne parlait qu'au nom de sa conscience d'enseignante. De l'autre une chanteuse en surchauffe qui semblait avoir vrillé. Comme déconnectée de la réalité. Sans véritable argument. Sans à aucun moment prendre conscience du malaise que son attitude ironique et décalée avait créé dans la salle. Et encore moins du malaise encore plus grand chez les millions de téléspectateurs de l'autre côté de l'écran.

Après, Patrick lui demandera de s'excuser. Elle lui répondra :

— Mais pourquoi ? Je suis une fée.

J'ai assisté à la séquence en coulisses. Comme tous ceux qui étaient autour de moi, j'étais perplexe. Une heure plus tard, Jacquot et mes sbires faisaient le pied de grue en cas d'irruption du mari qui devait venir armé d'un fusil. Au vu de la tournure extrême que prenait l'événement, je lui ai dit :

— À mon avis, sa carrière va en prendre un sacré coup.

— Ça c'est bien possible.

— Ce qui m'emmerde, c'est que je la connais bien. Elle n'est pas comme ça. C'est une vraie gentille. Je comprends pas. Elle ne doit pas être dans son état normal.

Il m'a glissé :

— C'est pas difficile à comprendre. Y a pas que son mec qui a picolé, elle aussi.

C'était peut-être aussi bête que ça.

La faute à quelques verres de trop qui lui ont totalement fait perdre le sens de la mesure. Même si, à mon avis, elle le niera probablement. Je n'en suis pas absolument certain, mais je le pense fortement. Parce que cette femme est tout sauf la fée Carabosse qui a dérapé ce soir-là. Quoi qu'il en soit, ses quelques phrases maladroites ne méritaient certainement pas le tsunami qui s'est abattu sur elle dès le lendemain.

Même sans les réseaux sociaux d'aujourd'hui, le contrecoup a été énorme. Tout s'est arrêté net. Les spectacles, les ventes de disques. Certains les brisaient et les envoyaient à la télévision. Chantal ne refera le Palais des Congrès où elle avait triomphé que huit longues années plus tard.

Le plus fou, c'est qu'on s'est tous retrouvés dans un restaurant de Lyon, après l'émission. Elle était gaie, heureuse, persuadée de l'impact positif sur sa promo :

— Les enfants, ils s'en foutent de tout ça ! Pour eux, la sorcière c'est pas moi, c'était l'autre.

Grosse erreur de jugement. Faute d'ambition. Glissade. Faux pas. Dégringolade. Comme quand on arrive en haut de l'escalier, trop sûrs de nous, et qu'on ne regarde plus où on met les pieds. L'aveuglement de ceux qui se pensent intouchables.

Depuis cette soirée funeste, par bonheur, Chantal s'est refait une image. Les enfants qu'elle a bercés ont grandi. La dernière fois qu'elle est venue dans mes *Années bonheur*, ils étaient des dizaines de grands dadais émus aux larmes de retrouver la princesse de leur enfance. Et, à titre personnel, je ne garde que ça d'elle. Parce que c'est une femme digne et respectable. Une fée qui a mis des peluches et des histoires de gens heureux dans les rêves de milliers de gosses. Un bonheur, à l'heure des influenceuses glauques et des réseaux sociaux dégoulinants de haine qui polluent nos mômes.

Alors, qu'importe le flacon, même s'il y a eu l'ivresse !

Pour poursuivre dans les ambitions brisées, je vais te parler politique. Ou comment passer d'une bataille de tartes à la crème en haut du World Trade Center à six ans de prison ferme.

New York, janvier 1980.

C'était une belle escapade entre potes. Moi et, entre autres, Jean-Pierre Rives, Michel Mouillot et Christian Estrosi. Ce dernier n'était encore qu'un brillant pilote moto, Jean-Pierre un sportif star. Michel était le taulier de la bande, responsable chez Pernod du sponsoring des quelques vedettes du moment que nous étions. Un rugbyman, un motard professionnel et un imitateur à la mode.

Un concours de non-classés au tennis avait été récompensé pour les vainqueurs par un séjour de dix jours à New York. L'occasion d'assister, en point d'orgue, aux Masters au Madison Square Garden. Pour nous, les accompagnants, avant tout, un prétexte pour prendre du bon temps entre virée à Harlem et comédies musicales à Broadway. Et surtout déconnade quotidienne qui se terminera par cette bataille de tartes à la crème dont Christian Estrosi a conservé les photos.

Le temps de l'insouciance. Bien loin des abysses de la politique dans lesquels plongeront plus tard deux d'entre nous. Christian Estrosi deviendra maire de Nice et Michel Mouillot maire de Cannes. Entre-temps, ce dernier aura rejoint la bande à Léo, ministre de la Culture, et le Parti républicain. À cette époque, il y avait deux Léotard célèbres. Philippe, l'acteur déjanté, François le politique sérieux.

Comme je disais sur scène pour m'en moquer gentiment :

— Y en a un qui boit et l'autre qui devrait !

En quelques mois, l'ascension politique de Michel Mouillot a été fulgurante. Son charisme redoutable, son énergie l'ont propulsé à la mairie de Cannes. Avec, en plus, l'aval d'une population admirative. Ce qu'il a apporté à sa ville a été unique. Même aujourd'hui, presque quarante ans plus tard, beaucoup le regrettent, le « Kennedy de la côte d'Azur ». C'est comme ça qu'on a commencé à le surnommer. Certains lui voyaient un avenir bien au-delà de la Croisette.

Pourquoi pas le 55 de la rue du Faubourg-Saint-Honoré ?

Alors forcément, chez ses ennemis politiques, il fallait stopper l'ascension. D'autant qu'une fois de plus, grisé par le succès, Michel multipliait les arrogances, parfois même la suffisance. Beau gosse, charmeur, bon vivant. C'est sa rivalité pour la mairie de Cannes avec Anne-Marie Dupuy, RPR, qui va enclencher la machine à détruire.

Michel a eu le tort de défier cette amie intime de Chirac.

Comme je te l'ai déjà dit, autant « le Grand » était attachant en privé, autant il pouvait être impitoyable dans le combat politique. Des tracts infamants ont circulé sur Anne-Marie. On y mettait en cause jusqu'à sa vie privée. Sournois et infect. Impardonnable pour « le Grand » qui y a vu la main de Michel. Une manœuvre machiavélique, puisqu'en fait ce sont les soutiens de cette dame qui avaient propagé ces tracts pour faire retomber l'infamie sur Michel. La politique dans ce qu'elle a de plus fourbe. La punition allait être redoutable.

Deuxième étape de la destruction, la compromission pour l'obtention de machines à sous supplémentaires dans un casino de Cannes. Et un gros paquet d'argent liquide pour donner l'autorisation que Michel avait seul le pouvoir d'accorder.

Avec une précision importante. Ce n'est pas Michel qui a demandé de l'argent en échange de ce service illégal. On le lui a proposé. Mais il a eu le tort d'accepter. Piégé. Pris sur le fait au moment de la remise de l'argent, il écopera de six ans ferme. Une sanction plus que lourde, si on compare aujourd'hui avec des fautes parfois plus graves et bien moins punies.

Michel fera quatre ans de prison dans des conditions extrêmement avilissantes. Double peine. D'après les confidences qu'il m'a faites, il s'en est fallu de très peu qu'il ne ressorte de là les pieds devant. Même au fond de son trou, lâché par beaucoup des plus proches, je resterai toujours en contact avec lui. L'amitié vraie n'a pas de barreaux, même pas ceux d'une centrale.

15 juin 2012.

Dans l'arrière-salle du Veramente, le restaurant italien de mon ami Régis Campana.

Michel a changé. Le beau gosse s'est épaissi. L'œil bleu vif s'est un peu terni. Mais le sourire et le charisme sont les mêmes. On nostalgise. Les beaux moments. L'amitié. Les escapades. Et puis il me raconte la taule. Les nuits de solitude. Le découragement. La colère. Le complot. L'ambition brisée. Ses dérapages.

Je demande :

— À qui tu en veux le plus ? À ceux qui t'ont piégé, ou à toi-même pour tes erreurs ?

— À personne. C'est derrière.

— Aujourd'hui, t'es heureux ?

— Totalement. Mais ça a été un long travail sur moi-même.

— Et ton ambition ?

— Ma seule ambition est de protéger ce bonheur et de l'assurer à ceux qui m'entourent. J'ai eu des rêves de pouvoir absolu. Ils ne se sont pas réalisés. Un peu à cause de moi, beaucoup à cause de la saloperie de certains. Mais, bon ! c'est la vie.

L'œil s'est un peu embué, et il a poursuivi :

— Ils se sont acharnés pour me briser. Ils y sont presque arrivés. Mais j'ai tenu bon. Et aujourd'hui, même si je suis debout, j'ai encore les stigmates, tu t'en doutes. Mais j'ai appris à faire avec.

Je lui ai glissé un de mes aphorismes préférés :

— *Les cicatrices, ça ne bronze pas au soleil !* Et dans ton cas, même pas au soleil de la côte d'Azur.

— T'as raison. Mais contrairement à ce qu'on dit, ce qui ne tue pas ne rend pas plus fort. Ça rend juste plus sage. Et la première des sagesses, ce n'est pas de tourner la page, c'est d'écrire un nouveau livre. Et celui que je suis en train d'écrire est le plus beau de toute ma vie.

Je conclurai avec la dernière phrase qu'il m'a dite. Elle est aussi pour toi. Elle te servira en cas d'accident, de chagrin d'amour, de défaite :

Si on veut continuer à vivre, il faut oublier qu'on a failli en mourir.

On va enchaîner avec un criminel. Un vrai.

Parce que je ferai toujours une différence entre celui qui enlève une vie et celui qui devient hors-la-loi pour améliorer la sienne. Une évidence ? Pas toujours avec la justice d'aujourd'hui, quand certaines peines effectuées se réduisent plus vite pour certains meurtriers que pour des voleurs, hors norme certes, mais sans aucune trace de sang sur les mains.

28 mai 1992.

L'ambition accomplie en tricolore. *La Marseillaise* résonne dans le stade. « L'étendard sanglant est levé. » Il est capitaine des bleus. L'honneur suprême. Le Graal de tout rugbyman français. Il sera international quarante-huit fois. Cinq fois capitaine. Ce qu'ils doivent être heureux, là-bas à Bourgoin-Jallieu ! Il aura droit à la une des journaux. La famille va être fière.

Seize ans plus tard, une autre une. Sanglante. Sans étendard. La famille sera détruite.

« Marc Cécillon a assassiné son épouse Chantal. »

Au temps de sa « splendeur », Marc était un colosse hors norme. Du granit. L'archétype du rugbyman solide. Quasiment insensible à la douleur. Buveur, bagarreur. Une vraie force de la nature. Il m'est arrivé de le croiser complètement ivre avec ses potes bûcherons la veille d'un match. Le lendemain, c'était le meilleur sur le terrain. Et puis, infidèle aussi. Enfermé dans un machisme de tradition. Celui des hommes d'avant. La femme au foyer. Le bellâtre et bel âtre. Pour se consommer à petit feu. Triste solitude. Une époque révolue, par bonheur.

Ce n'était pas un ami intime. Je l'ai rencontré au hasard des troisièmes mi-temps de l'équipe de France, dans les chaudes nuits parisiennes. Et également lors de mon passage à Bourgoin quand je me suis investi dans le club aux côtés de Pierre Martinet, le président traiteur intraitable. Avec moi, Marc a toujours été d'une correction exemplaire. Ce qui n'était pas toujours le cas avec les autres au cours de ses beuveries, hélas !

Mais qui aurait pu l'en empêcher ?

Denise ?

Eh oui ! ma Denise.

Avec le père de Marc, c'était la seule qui avait autorité sur lui. Dans les soirées de surchauffe, dès qu'elle haussait le ton, le tigre redevenait nounours. En revanche, loin d'elle, le coup de poing partait facilement. Pour pas grand-chose souvent. Un regard de travers. Un défi. Et là, il était inarrêtable. D'une force herculéenne.

Bien sûr qu'on a été quelques-uns à tenter de le raisonner. En vain. En même temps, pour être tout à fait honnête, on avait un peu la trouille, tant il était imprévisible dans ses accès de violence. Mais pas un d'entre nous n'aurait pu imaginer qu'il en arriverait à une extrémité aussi dramatique. Il aimait sa femme Chantal et ses filles autant qu'il aimait sa vie de débauche. Le cocktail qui a tout fait exploser a été le pire qui soit. Alcool, déprime d'un après-carrière, abandon, jalousie amoureuse, bestialité.

Ce n'est pas le premier à succomber à ces pulsions innommables. Ce ne sera pas le dernier, hélas ! Pour moi, aucune circonstance atténuante, juste un effroyable gâchis.

Dès que j'ai appris la terrible nouvelle, j'ai demandé à un ami qui était sur les lieux du drame :

— Qu'est-ce qui s'est passé ?

— Pendant une fête à Saint-Savin, il était bourré. Il a mis trois balles dans la tête de sa femme. On a été obligés de se mettre à dix pour le maîtriser.

Laconique.

J'apprendrais les détails plus tard.

C'était la nuit du 7 au 8 aout 2004. Chantal, lassée de l'alcool et des infidélités, voulait le quitter. Elle participait à une fête d'été. Complètement ivre, il est d'abord venu une première fois et a été violent avec l'hôte de cette fête, l'amie de Chantal. Puis il est parti. Et il est revenu armé d'un 357 Magnum. Il a demandé à Chantal de le suivre. Elle a refusé. Il a tiré. Ce n'est que le lendemain, dessoûlé, qu'il a pris conscience de l'horreur qu'il avait accomplie. Dans sa tête, un black-out total.

Je t'ai dit au début de ce livre que je te confierai des choses jusque-là inavouées. C'est ce que je vais faire au sujet de cette affaire. Parce que j'en ai été très proche au moment du procès en appel.

Un ami me met en garde ;

— Tu veux vraiment écrire ça ?

— Oui.

— Tu sais qu'une partie de la famille de Marc qui n'a pas accepté le verdict en appel peut t'en vouloir ?

— Je sais. Mais je ne renie rien.

Donc avant tout, je veux préciser que dans ce féminicide, en aucun cas je n'ai de compassion pour Marc. La seule que j'ai, c'est pour son épouse décédée et toute sa famille. Je ne l'exonère de rien. Ce que j'ai fait, c'est ma conscience qui me l'a dicté. Je l'ai surtout fait au nom de la prévention. Dans le seul but qu'il ne recommence pas, une fois libéré.

Par bonheur, c'est le cas depuis neuf ans.

L'acte de Marc, si cruel soit-il, n'avait rien de commun avec les barbaries gratuites qui envahissent toujours plus chaque jour les colonnes des faits divers. Pour moi, ça reste un crime passionnel. Dans ce cas, le tarif, c'est quinze ans ferme. Ce sera plus. Le premier procès a été un ratage total. Son avocat a fait comparaître Marc avec sa veste du XV de France. Toute la défense a été axée sur le burn-out de l'après-carrière responsable de sa descente aux enfers. En accordant une grande part de responsabilité à ceux qui auraient dû effectuer un suivi psychologique plus attentif.

Fausse route. Résultat : vingt ans ferme.

Un ami avocat m'a fait remarquer :

— Comme pour un meurtre gratuit de vieille dame, voire d'enfant avec un bon avocat. C'est un peu raide !

Alors, j'ai écouté ma conscience. J'ai envoyé une lettre à Marc, en préventive.

Il y était écrit en substance ceci :

... Tu as commis un crime abominable, impardonnable. Je sais que tu souffres énormément de ta culpabilité. Je sais aussi, que tu n'as plus personne près de toi pour te soutenir financièrement et moralement pour ton procès en appel. Alors je vais t'aider. Je t'ai trouvé un avocat.

Le meilleur, maître Dupond-Moretti. Et c'est moi qui vais le rétribuer de ma poche. Tu dois être surpris, parce qu'on n'est pas plus amis que ça...

... Je fais ça pour deux raisons. D'abord parce que je t'exonère de rien, mais je veux que tu payes ton crime à sa juste valeur. Ni plus, ni moins. Et puis je veux aussi que cette générosité désintéressée résonne dans ta tête quand tu sortiras. Au cas où tu aurais des tentations de récidive, ce serait une trahison envers moi. Alors je veux que tu me donnes ta parole qu'à ta sortie tu seras le plus irréprochable possible. Ta parole d'homme.

Il m'a répondu qu'il me remerciait, qu'il en aurait une reconnaissance éternelle, et qu'il me donnait sa parole d'homme.

Au deuxième procès, le talent d'Éric a fait le reste. Avec trois atouts majeurs.

D'abord, il a fait remarquer à la cour que l'avocat de la partie civile plaidait en regardant plus les journalistes que les jurés. Anecdotique, mais très habile.

Et puis, la veille de sa plaidoirie, il m'a appelé pour m'expliquer son plan de défense :

— Il faut faire tomber la préméditation qui lui a coûté cinq ans de trop.

— Ça me paraît difficile. Il est allé chercher une arme avant de revenir à la soirée.

Contre-argumentation immédiate :

— Et si cette arme avait été pour lui ? Il était à bout, ivre, dépressif. Il n'est pas certain du tout qu'elle était uniquement destinée à tuer son épouse. D'autre part, quand il lui a demandé de le suivre, si elle avait dit « oui », il n'aurait pas tiré. C'est son refus qui a été le déclencheur de son geste. Donc, pas de préméditation.

Du grand art.

Il bénéficiera d'un dernier atout qu'il n'avait pas envisagé. Dans la salle, les mères de la victime et du coupable étaient côte à côte, unies dans la même douleur.

Marc sera condamné à quatorze ans.

Suis-je satisfait ? À moitié.

La bonne moitié, c'est qu'il a été condamné à une juste peine. Et que depuis qu'il est libre, il a trouvé une femme et un emploi. Il vit tranquille, loin de Bourgoin-Jallieu, dans les Pyrénées-Orientales. Jusqu'à aujourd'hui, pas de récidive. J'ose espérer que la parole qu'il m'a donnée y est pour quelque chose.

Pour l'autre moitié, la moins bonne, j'ai quelques réserves.

D'abord sur la peine effectuée. Marc a été libéré pour conduite irréprochable, à mi-peine, au bout de sept ans seulement. Pour moi, c'est insuffisant. Un minimum de dix ans aurait été nettement plus décent. Au regard de la victime et de la souffrance de ses filles auxquelles il a volé leur mère.

Ensuite, j'ai appris qu'il avait un peu dérapé lors une conduite en état d'ivresse et d'une bagarre entre hommes. Rien d'irréversible, mais tout de même. Et surtout, j'ai été assez effaré de savoir qu'il avait assigné ses filles en justice pour une question d'héritage.

Sans commentaire.

Quoi qu'il en soit, comme je te l'ai déjà dit, je ne renie rien. Je n'ai obéi qu'à ma conscience. De plus, Dupond-Moretti, au-delà de sa réussite, m'a remercié de lui avoir fait vivre une aventure humaine hors du commun. Mais sa maestria m'a laissé une impression partagée. De l'admiration, bien sûr. Il la mérite largement. Mais aussi la frustration de constater, une fois de plus, qu'on n'est pas égaux devant la justice. Au gré des qualités ou de l'incompétence des avocats.

C'est la règle, hélas ! La loi du plus aguerri. Cela ne change jamais rien au crime commis. Mais la société règle ses comptes avec la bénédiction de saint Yves, le patron des hommes de robe. Alors question : les tribunaux n'ont-ils été érigés que pour donner bonne conscience à cette société ? Encore un bon sujet de bac philo.

J'avais parlé d'éthique un jour avec maître Vergès au sujet de sa défense de Klaus Barbie. Il avait été on ne peut plus convaincant.

— Ma mission est de défendre, celle de la partie civile de faire condamner. Si je fais innocenter un coupable, ce n'est pas moi qui ai bien fait mon travail, c'est mon adversaire qui n'a pas fait le sien !

Dans cette histoire, trois ambitions se sont entrecroisées. Avec des trajectoires différentes.

La mienne d'abord, linéaire, qui est de ne jamais renoncer à une générosité, si périlleuse soit-elle. Celle de Marc, ensuite. Vers le bas. Brisée, en lambeaux. De capitaine du XV de France à meurtrier impardonnable. Et celle d'Éric, vers le haut. Devenu garde des Sceaux. Son Graal à lui. Au passage, je pense qu'il a accepté le poste bien moins pour l'honneur de la fonction que pour la revanche du petit Italien de famille immigrée. Encore un que son enfance suit pas à pas.

Quelques remarques encore au sujet de cette affaire.

Je les ai souvent entendues.

Et si on avait bien plus protégé Marc de ses démons ? Et s'il s'était servi de son arme contre lui-même ? Et si, quand il avait proposé à Chantal de le suivre, elle avait accepté ? Le drame ne serait pas arrivé ?

Je réponds toujours à ces questions par une autre question.

Elle ne te surprendra pas :

Et si tout ça avait été préécrit ?

Pour moi, c'est arrivé parce que ça devait arriver. À cet endroit-là, cette nuit-là et de la façon dont cela s'est passé. J'insiste peut-être lourdement sur ce concept de préécrit mais c'est aussi pour t'aider. Pour t'enlever une part de culpabilité si tu en as une pour quoi que ce soit. Pour un abandon, une erreur, un drame. Même un crime, si tu me lis au fond d'une cellule. Ce n'est surtout pas une excuse. Mais, comme pour une bienveillance, je suis certain qu'il y a une force qui nous échappe dans toute malveillance commise. Même la pire. Sans qu'on en soupçonne la présence invisible.

Le plus abominable des paradoxes :

La main du destin signe ses forfaits à l'encre sympathique.

Chantal la chanteuse, Michel le politique, Marc le sportif.

Des statues déboulonnées. Je ne t'en ai détaillé que trois seulement. Pour l'exemple. Ils sont tellement nombreux. Plusieurs tomes n'y suffiraient pas. J'aurais aussi pu m'attarder longuement sur le plus emblématique des « déboulonnés » récents : Pierre Palmade. Je ne le ferai pas. Juste quelques lignes. Histoire d'être humoristiquement raccord avec ses narines. Humour noir ? Non, blanc.

Aucune excuse. Sortie de route. Accident de voiture. Défaillance de l'arbre à came. Pas de stress, y a Point S ! S comme Souffrance, Supplice, Surinformation. Et pourquoi pas S comme Suicide ? Ça leur ferait tellement plaisir, aux rapaces, si ça arrivait. Putain de buzz ! Et les bénéfices qui iraient avec.

Avec, par anticipation, la déculpabilisation déjà engagée dans les rotatives :

— Ah, mais nous on n'y est pour rien ! C'est bien la preuve de son entière culpabilité.

Sale temps pour les statues. Chaque jour, un déboulonnage supplémentaire.

« Statue » est certainement trop flatteur pour certains. En tout cas en termes de prestance. Mais à vue de pigeon, c'est raccord, tant les médias officiels et les réseaux leur défèquent dessus. Avec le prétexte à fiente le plus courant en ce moment : le dérapage sexuel. Encore lui. Un mauvais film. Le remake mixé des *Liaisons dangereuses* et de *Lolita.* Premier au box-office. Avec une distribution impressionnante.

Sébastien Cauet, Nicolas Bedos, Jean-Luc Lahaye, Frédéric Beigbeder, Ary Abittan, Philippe Caubère, Jacques Doillon, PPDA, Richard Berry, Gérard Miller, Benoît Jacquot, entre autres. Et Gérard Depardieu dans le premier rôle, bien sûr. Avec, au passage, l'étonnante photo de l'échiquier de la célébrité en France. Les meilleurs footballeurs sont noirs et les harceleurs sexuels blancs. Une étrange parité intéressante à analyser, non ? Je te laisse juge.

À qui le tour ?

Encore une fois, pour toute victime avérée, je compatis et j'encourage à punir très sévèrement. Mais au-delà des présumés coupables, il y en a d'autres. Nous. Les téléspectateurs, les acheteurs de torchons, les surfeurs du Net. La moindre alerte info déclenche la progression du virus. Et chacun le propage. En parfaits hypocrites, on dénonce une société en déliquescence qu'on contribue chaque jour à avilir un peu plus. Les audiences télé, et les ventes de magazines people le prouvent : le trash est devenu plus que jamais le roi du monde des médias. Comme disait Coluche à propos des disques de Mireille Mathieu :

— Il suffirait que les gens ne les achètent plus pour que ça ne se vende pas !

Un soulagement paradoxal quand même pour certains dans ce bourbier. La satisfaction de l'avoir échappé belle. Je parle de la plupart de ceux qui ont dérapé avant l'apparition des réseaux sociaux. Statue intacte pour certains, à peine lézardée pour d'autres. Même décédés, ils passent encore à travers les gouttes. De salive. Personne n'ira cracher sur leur tombe. Et pourtant, il y aurait de quoi !

Les accusations de détournement de mineurs pour Charles Trenet. Les aveux publics de Cloclo sans précaution, sur son addiction aux jeunes filles de quinze ans. Les escapades de Michel Simon, le soupeur. (Les soupeurs se nourrissent de morceaux de pain trempés dans l'urine des pissotières.) Je ne dévoile rien de nouveau, c'était connu.

Et puis ceux dont je conserverai l'anonymat. Ce chanteur populaire qui a fourni en drogue jusqu'à l'overdose Joëlle, du groupe Il était une fois. Cette actrice des années 1960 qui endossait pour le plaisir le costume de prostituée sur les trottoirs de Paris. Cet animateur télé, star de ces mêmes années, qui dans les soirées sado-maso se faisait coudre les testicules sur le ventre.

— Saint Selfie, que n'es-tu apparu plus tôt ! gémissent les rapaces.

Et aussi cette mégastar internationale. Le producteur de ses spectacles en Belgique était aussi le mien. Un soir, il m'a quitté précipitamment en me confiant à mi-voix, en tremblant :

— Je dois rentrer à Bruxelles pour qui tu sais. Il faut absolument que je lui trouve des petits garçons. Sinon il va me planter.

À vomir.

Tous ceux-là n'ont jamais été déboulonnés. Même pas Fernandel. L'ami des familles. Le Don Camillo si attachant. Je cite son nom parce que ce qu'aujourd'hui on appellerait un « dérapage » est insignifiant. Pour lui, pas de déviance sexuelle. Pas de comportement scandaleux. L'homme, père de famille attentif, était tout ce qu'il y a de plus droit et irréprochable. Mais à l'époque, il a quand même chanté, sans que personne y trouve à redire :

Si tu touches à mon oiseau
N'oublie pas d'être gentille
Car tu sais que mon oiseau
Aime bien les petites filles

Tu imagines, s'il balançait ça aujourd'hui ! Autres temps, autre brigade des mœurs.

Je ne dédouane pas, je rapporte. Juste pour alimenter l'étude des méandres de l'ambition, qui est le sujet qui me guide dans ce livre. De nos jours, à cause des réseaux sociaux, plus que jamais, chaque avancée sur le chemin de cette ambition est incertaine. Comme pour la traversée d'un pont de singe. L'instabilité est permanente. Au moindre faux pas, c'est la chute dans le vide. Raison de plus pour admirer ceux qui finissent le parcours sans rejoindre le précipice.

Je ne te cache pas qu'à titre personnel, au-delà de la fierté du chemin déjà parcouru, bien terminer la traversée est mon souhait le plus cher. Je n'ai absolument rien à me reprocher d'innommable. Mais je t'avoue que c'est stressant de me demander chaque matin en ouvrant mon portable si une fausse accusation sans aucun fondement ne va pas me percuter de plein fouet. Et m'obliger à justifier mon innocence jusqu'à la fin de mes jours.

Une fois de plus, putain d'époque !

Presque au bout de ce livre, on en arrive donc un peu plus à mon cas personnel.

Mon ami Yves Bigot, auquel j'expliquais récemment la teneur de ce que je suis en train d'écrire, m'a fait remarquer :

— Toi aussi, on t'a déboulonné de la télé !

J'ai répondu :

— Non. On a juste changé ma « statue » de place.

Je chante, j'écris, j'existe plus que jamais. Entre les nouveaux fans et les nostalgiques. Comme je te l'ai déjà dit, je suis au nirvana sur scène devant des foules enthousiastes. Le plus jubilatoire de mes plaisirs. Je suis même beaucoup plus heureux loin de cette télé qui aujourd'hui n'est pas faite pour moi. Pas plus que je ne suis fait pour elle.

Elle est devenue un vaste écran publicitaire entrecoupé de bribes d'émissions ou de fictions. Avec une seule règle : que ça coûte le moins cher possible et que ça rapporte le plus. Avec, comme l'avait pronostiqué Patrick Lelay, la vente de temps de cerveau disponible pour y engouffrer de la pub. Formatée, inclusive. Pour nous imposer, façon secte, non pas ce que nous voulons être, mais ce qu'il faut que nous soyons. Absolument jeunes, métissés, féministes, sportifs, beaux, connectés.

Sale temps pour l'homme blanc de plus de cinquante ans !

L'insupportable condition qui m'a valu d'être viré manu militari. Suis-je accusé d'illégalités, de propos inacceptables, de malversations financières, de conduite répréhensible ? Même pas. Juste trop français, trop cash, trop brut de décoffrage. Avec une qualité qui, au fil des ans, s'est muée en défaut, hélas ! Faire de la télé pour ceux qui la regardent. Et surtout incorruptible dans un monde de dessous-de-table. À la fois pour l'argent qu'on y échange et les fellations utiles qu'on y fait.

— Désolé Delphine, tes sbires peuvent refermer leur braguette, c'est pas mon truc !

Sur mes sentiments envers Mme Ernotte, celle qui m'a expulsé de vos écrans sur sa seule volonté, je ne m'attarderai pas. Je vais certainement t'étonner, mais je la remercierai seulement. Sincèrement. Son acharnement aveugle contre moi m'a permis d'appliquer une fois de plus le principe qui a participé à ma survie à chaque saloperie actée : pardonner pour se libérer.

J'ai pardonné. Et non seulement je suis libéré, mais je suis reconnaissant. La haine de moi qui l'a motivée a eu l'effet contraire de ce qu'elle escomptait. Elle souhaitait me détruire, je ne me suis jamais senti aussi fort. Elle m'a fait un cadeau.

J'appelle ça un « cadeau du fiel ».

Même si je suis conscient de l'avoir échappé belle.

Je me porte très bien. À la suite de mon éviction, il y a juste eu quelques petits tracas de « tuyauterie ». Minimes et guéris aujourd'hui. Logique. Le contrecoup physiologique de toute contrariété majeure. Et ce pas seulement pour les célèbres. Pour n'importe qui. J'y reviendrai dans quelques lignes. D'autres n'ont pas eu ma chance. L'occasion de m'arrêter sur un cas qui illustre parfaitement ce chapitre. Quand la statue qu'on déboulonne s'écroule et finit en poussière.

Jacques Martin était une icône de la télévision. On l'a viré aussi violemment que moi. Le soir même, il a fait un AVC. Et il a décliné jusqu'à sa mort.

Rectification : les dirigeants du service public ne l'ont pas viré.

Ils l'ont tué !

Un témoin de l'annonce brutale de l'éviction de Jacques m'a confié :

— C'est comme s'il avait reçu un uppercut. Il était sonné, groggy. Après la rage, ça a été l'abattement total.

Ses deux empires s'écroulaient. « L'Empire », c'était le nom du théâtre où il enregistrait ses émissions. L'autre empire, c'était sa mainmise sur les dimanches après-midi depuis des décennies. Du *Petit Rapporteur* à *L'École des fans*. Un succès populaire phénoménal.

Il ne s'attendait pas à ça. Sans doute inconsciemment persuadé, comme beaucoup que je t'ai déjà cités, que son statut d'icône cathodique le rendait intouchable. Le choc a été excessivement violent. Imagine ! On t'éjecte de la maison familiale pour mettre un squatteur à ta place ! Cette claque est à coup sûr le déclencheur de l'AVC. Mais, à la décharge de ses « assassins », le terrain était propice. Une frustration ajoutée à de nombreuses autres.

Jacques était un de ceux qui ne savent pas se contenter de l'excellence. Sa popularité était immense. La reconnaissance de son talent d'humoriste animateur aussi. Mais il trimbalait un complexe culturel qui le rongeait. C'était un érudit. Il était passionné d'opéra. Et, une fois de plus, la dichotomie entre le clown et l'esthète lui imposait une souffrance larvée permanente. On peut y ajouter, à l'instar de Sardou, son rêve d'être reconnu comme un grand comédien. Une frustration encore plus prégnante chez lui du fait du succès sur grand écran de son complice de toujours, Jean Yanne.

Il y eut aussi la frustration amoureuse. La trahison XXL de Cécilia, son épouse. Sarkozy, maire de Neuilly, les avait mariés. Ils étaient devenus intimes. Et, à la moindre occasion, Jacques ne tarissait pas d'éloges sur ce politique aux dents longues auquel il prévoyait un avenir flamboyant. Le véritable incendie se déclarera le jour où Nicolas lui volera sa Pimprenelle. Je t'ai déjà rapporté la réplique qui va suivre dans un ouvrage précédent, mais je ne peux pas résister au plaisir de te la citer à nouveau tant elle est sublime.

Nous attendions Jacques dans les coulisses des *Grosses têtes*. Il venait tout juste d'apprendre la trahison de Cécilia. Il est arrivé hors de lui :

— L'ordure ! Le salaud ! Je vais le tuer !

Bouvard a laissé tomber d'une voix calme, un demi-sourire aux lèvres :

— Enfin Jacques ! Tu ne vas quand même pas tuer le maire de tes enfants !

Dramatiquement superbe !

Toutes ces frustrations ajoutées avaient dû certainement entamer fortement son système immunitaire. Sans compter, d'un point de vue purement physiologique, une diététique qui n'était pas idéale. C'était un excellent cuisinier, bon vivant qui ne lésinait pas sur les plaisirs de la bonne table, grands crus compris. C'était connu.

Moins connue, il y avait une autre addiction dont seuls ses intimes étaient au courant. L'usage depuis quelques années de produits illicites. Cette ligne blanche que dans les derniers temps il franchissait bien trop souvent.

Maître coq était devenu maître coke, hélas !

Le mélange était explosif. La brutalité de sa mise au rancard a provoqué la déflagration. Ça n'arrive pas que sous le soleil des projecteurs. Combien sont-ils chaque jour, virés de leur boulot, de leur couple, trahis par des fidèles, qui finissent aux urgences ?

Mon éviction du service public présente beaucoup de similitudes avec celle de Jacques. Avec cependant une nuance. Mes « assassins présumés » n'ont pas eu les couilles de m'affronter en face. Pas de surprise. Je les savais depuis longtemps dépourvus de ces attributs-là. Ils ont convoqué Nana, ma femme, en lui demandant de faire passer le message. Quand j'en ai été informé, j'ai tout de suite pensé à Jacques. Et j'ai déclenché mon plan d'urgence pour ne pas subir le même sort que lui : m'efforcer de pardonner pour anticiper le feu des métastases que crée toute aigreur.

J'ai lutté de toutes mes forces contre la rancune. En me répétant aussi, évidemment, que, si c'était arrivé, c'était parce que ça devait arriver. Que c'était tracé d'avance. Donc qu'il n'y avait aucune raison d'y voir une injustice, même si ça y ressemblait beaucoup. Et j'ai survécu avec des séquelles minimes qui aujourd'hui sont loin derrière moi.

Voilà !

C'est ainsi que je vais clore l'essentiel de cet ouvrage.

Comme promis au début, je vais laisser passer mon « entracte littéraire ».

Il va durer six mois. Nous sommes en février 2024. Je te retrouverai en août pour moi, dans quelques lignes pour toi. Je t'avoue que c'est jouissif, à ce stade de l'écriture, d'ignorer ce que toi tu sais. Une étrange sensation de virginité. À l'abri certainement de tourments dont la folle actualité de notre temps a dû t'accabler.

Quelle guerre, quelles violences, quelles disparitions viendront polluer ton moral pendant ces six mois ? Ou, à l'inverse, quels événements heureux viendront embellir ton quotidien. Je ne cache pas que cette ignorance par rapport à toi me comble. Comme une avance sur le bonheur.

Le bel égoïsme !

Pendant ces six mois, je vais reprendre mon bâton de pèlerin saltimbanque. Festif, futile, léger. Des théâtres, avec mon spectacle *Hommages et dessert*, aux scènes des festivals et des places de la France profonde avec *30 ans de fiestas*, mon délire joyeux. Heureux, vivant. Et puis je me remettrai à l'écriture. Merveilleusement seul dans mon antre. Parce que mon bonheur et ma survie ne peuvent se passer ni de l'extraverti, ni du discret.

Alors à tout de suite, pour toi. À dans quelques semaines pour moi. À moins que la dame à la faux ait la stupide idée de venir me faucher avant. On ne sait jamais. Si c'était le cas, n'éprouve aucune frustration d'avoir été privé de la conclusion.

C'est qu'il aurait été prémédité par le destin que ce livre devait s'arrêter là.

T'écrire à l'oreille est le plus délicieux de mes plaisirs ici-bas. Alors, quoi qu'il en soit, que mon absence soit provisoire ou éternelle, je dois te faire une confidence :

— Tu vas me manquer.

ÉPILOGUE

Août 2024.

C'est fou ce qu'il s'est passé en l'espace de deux pages !

Entre autres, un scrutin inattendu. Ça devait barder là ! Et puis non. Barrages de castors. À gauche toute. Le retour du Flanby. Mélenchouineur et son gang au sommet de l'arrogance et de l'autosatisfaction. L'appellation de sa troupe m'amuse. Par définition, quand on est « insoumis », on n'est soumis à rien. Et surtout pas au diktat d'un parti. CQFD. En face, pas mieux. La droite, le chemin le plus court pour accéder à la gamelle. Des candidats fantoches. Adoubés pour l'occasion. Figurants sans l'étoffe d'un premier rôle.

Quand on retourne sa veste, quoi d'étonnant qu'on ne voie qu'une doublure ?

Aux States, une balle perdue pour Trump. Tiens voilà mon lobe ! Ici, Françoise, notre amie la rose au paradis des chanteuses. Et là-bas, si loin et si près en même temps, toujours la guerre au Moyen-Orient. Le brasier. L'occasion de te raconter une blague que je balance sur scène. Enfin pas vraiment une blague. Disons une allégorie tellement lucide que m'avait offerte Michel Boujenah.

C'est un type qui prie à Jérusalem :

— Mon Dieu, faites qu'il y ait la paix entre les Juifs et les Arabes !... Faites qu'il y ait la paix entre les Juifs et les Arabes !... Faites qu'il y ait la paix entre les Juifs et les Arabes !

Alors Dieu descend et lui dit :

— Tu vois pas que tu parles à un mur !

Inéluctable, hélas !

Et bien sûr, le 18 août, la chronique d'une mort annoncée. Alain Delon s'est éteint. Le contraire, plutôt. Une étoile s'est allumée dans mon ciel d'été. Une de plus là-haut, une de moins ici, hélas ! Comme prévu, les télés, les réseaux s'en donnent à cœur joie. Joli paradoxe pour une tristesse nationale. Pas de commentaire supplémentaire, je t'ai tout dit dans le chapitre le concernant.

Adieu, l'ami !

Et puis, ce qui a apporté le plus d'eau au moulin de mon entracte littéraire, l'événement majeur de ces derniers mois : les Olympiades. Paris sur la Seine internationale. Une cérémonie polémique made in Trans. Dans le chapitre où j'évoquais Jean Dujardin en marcel, j'avais fait montre d'une ironie visionnaire. J'y reviendrai.

Mais, pour rester dans la métaphore aquatique, j'avoue que j'ai été submergé par un flot de grandes émotions inoubliables. Des frissons comme seul le sport de haute compétition peut en donner. Antoine Dupont et Léon Marchand seigneurs des anneaux. De quoi désarçonner les wokistes intégristes. Quoi !!! Des mâles blancs au patronyme on ne peut plus franchouillard. Quelle ignominie !

Heureusement pour eux, et surtout pour nous tous, d'autres podiums. Bigarrés. Black blanc beur. Du grandiose, de l'inoubliable. Des *Marseillaise* entonnées aux quatre coins du pays. La fierté partagée entre frères d'âme de toute origine sans les murs ethniques qu'avaient érigés les élections. Des médailles et encore des médailles. Juste le temps pour un peuple déboussolé d'en oublier les revers. Une éclaircie revigorante, humaniste et heureuse dans mon entracte littéraire.

Mais, pour mieux décrypter cet entracte, commençons par moi.

Pendant ces six mois la routine heureuse et la routine exécrable.

Heureux les moments de grâce aux quatre coins du pays, sur des scènes devant des dizaines de milliers de spectateurs. La France en serpentins. Des rubans d'autoroutes, de nationales, de départementales, pour aller inonder de confettis, de bonne humeur et de chansons festives le *vulgum pecus*. Le petit peuple bafoué par les élites auquel je me suis appliqué à fournir son shoot de soleil dans la grisaille ambiante.

Et tous ces retours d'amour. Des unissons à pleine voix, une marée de mains levées bien haut qui claquent en cadence. Et les étreintes d'après. Les « Merci », les « On t'aime », « Tu es ma jeunesse », « Tu nous manques tant à la télé ». Et cette jouissance infinie de voir autant de gamins et de gamines gueuler à tue-tête les refrains insipides et joyeux du papy boomer que je suis. Une tempête de bienveillance, un tsunami de reconnaissance. Les plus jouissives de mes intempéries.

Et les belles phrases essaimées au fil de mes rencontres.

Celle d'une femme qui se confiait sur ses amours :

— Le premier, je lui ai donné deux enfants. Le deuxième je lui ai donné ma main. Le troisième je lui donnerai mon âme.

La punchline d'un pompier en pleine canicule :

— C'est le réchauffement climatique. Quelle planète on va laisser à Michel Drucker ?

Et puis un musicien franco-sénégalais, sapé comme jamais, qui m'a lâché, malicieux :

— En France, il y a des Maghrébins qui se conduisent mal. Pour être tranquille, je vais partir m'installer au Maroc !

Et aussi une réplique personnelle à quelqu'un qui m'assurait de son amitié indéfectible :

Il m'a dit :

— Je suis ton ami. Si tu as besoin de quoi que ce soit, tu peux m'appeler.

J'ai répondu :

— Surtout pas.

L'occasion de t'offrir un nouvel aphorisme :

Un ami, c'est quelqu'un qu'on appelle quand on n'a besoin de rien.

Heureuse la naissance de mon septième petit-fils le 4 juillet. Heureuses les tendres complicités avec mes enfants. Heureuses les nuits câlines, les repas d'amis, les tendresses interdites. Heureuses les escales dans mon antre de Martel tout en silence, en ciel étoilé et en délicieuse solitude.

Heureuses mes cavalcades égrillardes en sursis. Tant que mon corps me tient. Septuagénaire et sexagénéreux. Le plaisir à fleur de pot. La chance. L'immense chance que l'âge ne m'ait pas encore cloué sur un fauteuil d'impotent.

Et même ! Je suis sûr que si c'était le cas, j'aurais encore l'humour de Guitry dans cette circonstance, à qui on demandait comment il allait, et qui répondait :

— Comme sur des roulettes !

Et puis, pendant ces quelques mois, l'exécrable aussi hélas !

L'obligation de rectifier en permanence les fausses rumeurs, les saloperies des réseaux sociaux. Entre autres, on m'a prétendu malade pour une photo prise sur un mauvais angle. Faux. On a annoncé perdu un procès que j'ai gagné contre France 2. L'illustration même de la toute-puissance des réseaux de com maison qui peuvent bafouer la vérité en toute impunité. On m'a attribué une chanson nationaliste fabriquée à mon insu par l'IA. Encore faux. L'occasion de rappeler une fois de plus que cette intelligence artificielle ne viendra jamais à bout de la connerie naturelle.

Fake news, ragots, délations, clashs imaginaires. Il y en a eu pour tout l'égout.

La routine exécrable pour moi, donc, dans ce nouveau monde numérique fourbe, infiniment dégueulasse. Où chacun défèque ses humeurs sur site pour se donner l'impression d'exister. Où le pire est mille fois plus probable que le meilleur. Où l'écho du Net résonne en incivilités, en agressions, en égoïsme forcené à chaque coin de nos rues.

Où nous fabriquons chaque jour notre *Titanic*.

Alors, en attendant l'iceberg, juste des petits bouts de lui, en glaçons, dans un rosé frais sur la terrasse ensoleillée de mon ami vrai Philippe du Domaine des Layres, à Sérignan. Et des guitares gitanes en guise d'orchestre. Histoire de terminer la traversée en passager clandestin. Avec ceux de la soute. Les vrais, les généreux, Loin des suffisants et des malhonnêtes de la première classe. À fond de cale. Avec le peuple des indésirables.

Indésirable.

Ça aurait pu être le titre de cet ouvrage. De ma naissance de bâtard à ma condition d'aujourd'hui. Parfois roi, mais toujours privé de couronne officielle.

King du paradoxe.

Je détaille :

Bébé indésirable d'abord.

Non reconnu. Et, des années plus tard, trop reconnu à chaque coin de trottoir. Au point d'être devenu un selfie sur pattes. Harcelé numérique. Avec cette impolitesse récurrente qui pousse chacun à quémander la plupart du temps « Je peux faire une photo ? » avant même d'avoir dit « Bonjour monsieur ». À la fois flatteur et usant.

Artiste indésirable.

Classé beauf, primaire, inconsistant, blaireau de service. Et pourtant, au début, vingt ans d'imitations à guichets fermés, de shows *sold out* dans la France entière. Auteur et acteur de pièces de théâtres et de téléfilms à succès. Et aujourd'hui mes chansons inondent anniversaires et mariages. Toutes générations confondues. Mais, privé de reconnaissance qualitative, évidemment. Sauf si Poutine décidait d'envahir la France. Il y aurait peut-être l'espoir d'une « victoire de la moujik ». Lol !

Animateur télé indésirable.

Interdit de la moindre apparition sur le service public. Sollicité par aucune chaîne au bout de trente ans de succès cathodique. Un des plus étonnants paradoxes médiatiques. Mon *Grand Bluff* détient le record d'audience des divertissements avec plus de 17 millions de téléspectateurs. Et je reste gravé dans la mémoire d'une foule d'aficionados du samedi entre sketchs et plus grands numéros magiques de la planète. Mais effacé définitivement du PAF par les ayatollahs du politiquement correct. Du Renaud dans le texte : « Casse-toi, tu pues, et marche à l'ombre ! »

Amoureux indésirable.

De divorces en séparations. Avec le tribut obligatoire des Cupidon friqués. De dédommagements en pensions pour certaines. « Alimentaire, mon cher Watson ! » Mais bon ! Mon inconstance et mes centaines d'infidélités valaient bien ce prix-là. Avec une consolation morale par rapport aux plus vénales de ces dames. Moi, au moins, je ne l'ai pas volé !

Au temps pour moi. J'ai toujours préféré les femmes de caractère. Les torrides. Le problème avec les bouillonnantes, c'est qu'elles s'évaporent. Et dans la buée qu'elles déposent sur la vitre, on tente maladroitement de tracer un cœur avec un doigt d'enfant. C'est la punition des conquérants.

Et ce constat lucide d'autoflagellation, hélas !

J'ai tellement baisé qu'il m'arrive de me demander si je serais encore capable de faire l'amour.

Viré, donc. Exclu, paria professionnel.

De coups de pelle en coups de pelle pour me dégager du paysage officiel. Avec, du côté du manche, toujours les mêmes. Notables, bien-pensants, décideurs, fats, envieux, puissants, juges de la morale officielle. Et de l'autre, par bonheur, mes soutiens, mes indéfectibles, mes vrais. L'autre France. Alors indésirable soit, mais tellement fier d'avoir conservé intacte mon égide, mon bouclier moral : « La règle des doigts ».

Cette règle, je la tiens d'une passagère du train qui m'emmenait vers mon destin en septembre 1974. Dans le wagon, en face de moi, une femme sans âge. Blond cendré, les yeux translucides. Elle portait un long manteau gris. Presque copie conforme de Sylvie, une actrice oubliée des années 1960. Nous avons entamé une conversation amicale. Je lui ai confié mes espoirs.

Soudain elle m'a dit :

— Montre-moi ta main.

— Vous êtes voyante ?

— Un peu. Et peut-être plus que ça.

Elle a scruté longuement ma paume et a murmuré en souriant :

— Ça va marcher. C'est écrit.

Et elle a ajouté, sans lâcher ma main :

— Mais ça peut s'effacer si tu ne respectes pas la « règle des doigts ».

— C'est quoi cette règle ?

Elle a joint le geste à la parole en étendant d'abord ma main.

— Sois toujours bienveillant. Le cœur sur la main ouverte. Pour faire une caresse, il faut bien moins d'effort que pour serrer le poing.

Je replacerai plus tard cette phrase dans une de mes chansons intimistes.

Et puis elle a saisi un à un chacun de mes doigts en commençant par redresser mon pouce :

— Celui-là en l'air pour signifier que tout va bien malgré les blessures, même les pires. Ensuite l'index pointé vers l'avenir quelles que soient les erreurs du passé. Pour ce qui est de l'amour, l'annulaire vagabond parce que les mariages d'un jour sont toujours les plus jouissifs.

Elle a ensuite replié mon petit doigt.

— L'auriculaire en berne. Celui des « on m'a dit », des ragots, des critiques. Efforce-toi de lui accorder le moins d'importance possible.

Et, enfin, elle a tendu mon majeur en disant :

— Et celui-là toujours bien droit en étendard de ton insoumission.

Et puis elle s'est levée et a disparu dans le couloir. Je l'ai cherchée à l'arrivée sur le quai de la gare d'Austerlitz. Je ne l'ai pas trouvée. J'ai toujours considéré cette rencontre comme irréelle. Fantomatique. Toujours est-il que je n'ai eu de cesse d'appliquer cette « règle des doigts ».

Et va savoir si elle n'y est pas pour bien plus que je crois dans l'accomplissement de mes ambitions. Et bien plus encore dans tout ce qui dessine l'essentiel des contours de ma vraie personnalité : la bienveillance, l'optimisme, la résilience et la rébellion… La connerie haut de gamme aussi, bien sûr. Mais celle-là est plus inscrite dans les lignes de mon cerveau d'entêté primaire que dans celles de mes mains.

Le peu de personnes auxquelles j'ai confié cette rencontre se sont gentiment moquées. M'accusant de l'avoir rêvée en somnolant bercé par le roulis du wagon. Ou de l'inventer par pure mythomanie. Je les laisse à leurs doutes. Ce jour de septembre 1974, dans le Capitole qui m'emmenait vers Paris, je n'imaginais pas le millième de ce qui allait se passer par la suite. Quelqu'un me l'aurait prédit dans les moindres détails, j'aurais hurlé à l'irréel, au délire, à l'impossible. Alors cette rencontre, pourquoi pas ?

Il y a quelques semaines, j'ai fait rapatrier le corps de mon fils du cimetière de Juillac à celui de Martel pour être plus proche de lui. Une nuit, vers minuit, je suis allé me recueillir sur sa tombe. En me garant devant le portail d'entrée, j'ai entrevu la silhouette d'une femme se glisser hors du cimetière et s'évaporer dans l'ombre. Une femme sans âge, les cheveux blond cendré, enveloppée dans un long manteau gris.

Synchronicité ?

Ou alors un simple clin d'œil du destin pour me signaler l'imminence de la fin de mon voyage artistique. De la même façon qu'il m'en avait signalé le début dans un compartiment du Toulouse-Paris. Je crois profondément à cet irréel-là. C'est une religion qui en vaut bien d'autres. Sans Dieu, sans prières, sans intégrisme. Avec juste la certitude que nos vies sont tracées d'avance par une main invisible, et qu'il suffit de croire à l'inéluctable pour en accepter la toute-puissance sans colère ni dépit.

Voilà pour un premier bilan des états d'âme qui m'ont accompagné pendant ces quelques mois d'entracte littéraire. Une photo la plus honnête possible à l'instant T.

Je reviendrai à moi dans quelques lignes pour clore ce livre.

Mais si on parlait de vous ? Vous les indésirables de la République. Vous les votants auxquels on a demandé un avis dont on s'est foutu royalement une fois que vous l'avez eu exprimé. Vous les otages d'un monde politique qui a atteint des sommets dans l'irresponsabilité. Il faut dire que les mois qui viennent de passer ont largement alimenté la défiance récurrente envers les tout-puissants dont je te faisais part dans les chapitres précédents. De quoi compléter ce que j'ai écrit avec le recul. Toujours cinématographiquement. Avec ses héros de pacotille.

Mélenchon Iznogoud. Bardella et Marion Maréchal Ken et Barbie. Attal Peter Pan. Ciotti Jiminy Cricket. Enfantin et désolant. Et Macron plus que jamais Bébel. Itinéraire d'un enfant gâté. Capricieux. Il a dissous. Et dissous, c'est pas cher. Inconscient ou machiavélique ? Je pencherai plutôt pour le deuxième qualificatif. En souvenir d'une conversation intime que j'avais eue avec Chirac au moment de sa dissolution à lui. Tout son camp avait hurlé à la connerie.

En tête à tête, il m'avait dit :

— Si je ne dissous pas, je vais les avoir dans la rue. Au mieux ça passe et je suis renforcé, au pire la gauche va gouverner et c'est eux qui vont les avoir dans la rue. Et dans cinq ans, je serai réélu ! Gagnant-gagnant.

Et ça a marché. Il nous aurait donc fait du pur Chichi, Manu l'élégant ? Va savoir ? Pas pour être réélu, la Constitution ne le permet pas, mais sans doute pour être une égérie en sous-main. Pour écarter à la fois les Insoumis et le RN d'une éventuelle présidence. Strike ! Et dans quatre ans installer un clown clone docile aux ordres des seules puissances qui décident de tout : celles de l'argent-roi. Et une fois de plus poursuivre la manipulation des masses à l'insu de leur bon vouloir.

De la bataille des législatives de 2024, l'histoire ne gardera qu'un vaste champ de blessés de tous bords. Ni Austerlitz, ni Waterloo.

Et la phrase qu'on pourrait graver au fronton du Panthéon des illusions perdues :

Les Français n'ont que ce qu'ils méritent. Ils avaient l'occasion de renverser la table, ils ont juste changé la nappe... Et en plus, la nappe avait déjà servi !

Pour le coup, mon *Carnaval des ambitieux* est plus que jamais d'actualité. Un défilé d'arlequins et de polichinelles. Une fois de plus, au bal masqué ohé, ohé ! La Compagnie crédule ! Et ses tubes : *C'est pas bon pour le moral, Ça fait rire les zozos, Comme dans les tableaux de Sandrine Rousseau.* Affligeant ! Des égo à gogo. Des incitations à la haine. Des caquètements de basse-cour. Des « cocorico » de victoire les pieds dans la fiente. Le perchoir de l'Assemblée nationale n'a jamais aussi bien porté son nom.

Mais bon ! Les JO sont venus balayer l'imposture. Une trêve politique comme l'a demandée Manu. C'est vrai ça ! On peut bien mettre les cendres sous le tapis le temps de ranimer la flamme.

L'opprimé renâcle :

— Mais, et mon pouvoir d'achat en berne, mes déserts médicaux, mon insécurité ?

— Ta gueule ! Applaudis et chante *La Marseillaise*. C'est quand même plus important d'avoir une médaille au lancer de casquettes couché synchronisé par équipe !

Alors, rendez-vous au tas de sable !

Pourvu que ce ne soit pas un champ de ruines.

Il suffirait de si peu pour que ce soit un champ de fleurs ! Un peu moins de vanité, de compromissions. Un peu plus de sagesse. Le sens du partage, de la compassion, de la véritable tolérance. Le sens des responsabilités. Et par-dessus tout celui de l'honneur. Comme me l'a lâché un ami écœuré par la mascarade des reniements :

— Ces gens-là ont des miroirs en contreplaqué !

Pour en revenir au sujet de ce livre, il n'y a rien de pire pour un peuple que l'ambition dévoyée de ceux qui le gouvernent. Et pour paraphraser Clemenceau qui estimait la guerre trop grave pour la confier à des militaires :

Il ne faudrait pas confier l'ambition aux ambitieux. Parce que le meilleur pour eux accouche bien trop souvent du pire pour les autres.

Il n'en est de plus parlante illustration que la cérémonie d'ouverture des Jeux olympiques. J'avais défendu dans un chapitre précédent celle de la Coupe du monde de rugby sur le fond, en reconnaissant que la forme était très discutable. Pour les JO, la forme a été majestueuse. Imaginative, flamboyante, techniquement époustouflante. L'émotion qu'a fait passer Céline à la fin a été somptueuse. J'ai retrouvé ma chair de poule.

Mais pour moi, sur le fond, cette cérémonie restera le marqueur indélébile de la fracture entre deux France. Avec cette inclusion obligatoire qui veut mettre définitivement hors jeu ceux de ma race. Sale temps pour les Gaulois de souche attachés à leurs racines ! Ne te méprends pas. Je cautionne à mille pour cent la mise en valeur de toute différence. À la condition que ma différence à moi ne soit pas jetée aux égouts.

Les nouveaux ambitieux de la société dirigeante ont choisi d'éradiquer tout ce qui ne leur ressemble pas. Le paradoxe suprême. Au nom de la liberté d'être ce qu'on veut, ils ont décidé de cadenasser celle de ceux qui ne vivent pas dans leurs codes. Un fascisme larvé qui accentue la fracture d'une France bicéphale. Les têtes couronnées contre les prétendues têtes de nœud !

Comme toute dictature a ses résistants, je crains que les mois à venir soient orageux. La pluie du 26 juillet pendant la cérémonie d'ouverture des Jeux était peut-être une synchronicité supplémentaire. Un sale temps prémonitoire. Un avis de tempête. J'espère de tout cœur que les parapluies à venir ne nous serviront pas d'épées pour nous larder les uns les autres. Mais si cela doit être, rien ne me surprendra. Puisque, quoi qu'il advienne, c'est écrit.

Un message optimiste quand même dans cette météo sociale maussade ?

Oui. Il n'est pas nouveau. Il est banalement christique : « Aimons-nous les uns les autres. » Sans exclusion d'aucune sorte. Je dis bien d'aucune sorte. Ce message, j'aimerais tellement que nous soyons des millions à le propager encore et encore. En contre-feu des pyromanes qui balancent chaque jour dans les médias des mortiers de haine.

Si nous sommes suffisamment de Jésus, ils ne pourront rien faire contre nous. Ils n'auront pas assez de clous.

Voilà ! C'est fini pour cette fois.

Il ne reste plus qu'à jeter un dernier coup d'œil sur mon ambition personnelle.

À déjà plus de soixante-dix ans, elle est de terminer le voyage loin de la fureur de ce monde incertain. Dans mon antre. Entre mes chats, mes oiseaux, mes pierres, mes arbres et mes souvenirs. Le bel album de ma mémoire où sont incrustées tant de pierres précieuses. Les cailloux qui ont guidé mon chemin de vie. Les belles rencontres, les succès. Il n'en espérait pas tant, le Petit Poucet. Je vais me contenter de ça. Tranquille, apaisé. Le dernier quai de gare avant le train pour l'au-delà. En miroir du premier qui m'avait emmené vers la notoriété. Pour boucler une boucle dont finalement je suis plutôt fier.

Cette fierté du chemin accompli, ce ne sont pas que les réussites professionnelles. C'est surtout de n'avoir pas dérogé à la sentence que mon si cher Frédéric Dard m'avait confiée un soir d'intimité :

La frontière entre l'ambition répugnante et l'ambition honorable, c'est la différence qui existe entre celui qui se lève le matin en se disant : « De qui vais-je pouvoir dire du mal ? » et celui qui se lève le matin en se disant : « À qui vais-je pouvoir faire du bien ? »

Depuis, en mémoire de lui, pas un jour n'est passé sans que je me réveille en me demandant : « À qui vais-je pouvoir faire du bien ? » Si je ne dois m'attribuer qu'un seul honneur, c'est celui-ci. Et je t'engage fortement à en faire le tien.

Pour terminer vraiment, je vais te dévoiler mon ambition ultime.

La plus intime. Même si je la sais irréalisable.

Elle perdure depuis trente-quatre ans, hélas :

Passer une seule journée sans penser à la mort de mon fils.

Sois patient, gamin. J'arrive ! Pas tout de suite, mais ça ne devrait pas trop tarder. Juste le temps de rendre encore heureux mon public fidèle sur des scènes bouillantes, de tendre mon majeur bien haut aux briseurs de rêves, et d'écrire un ou deux livres de plus.

Merci à toi d'être allé au bout de celui-là.

Martel. 26 août 2024

TABLE

Les statues

Composition et mise en pages
Nord Compo à Villeneuve-d'Ascq

Soucieuses de la préservation de
l'environnement, les Éditions XO
utilisent du papier issu de forêts gérées
de manière responsable.

Impression réalisée par CPI BRODARD & TAUPIN
La Flèche (Sarthe), en octobre 2024

N° d'édition : 5245/01 - N° d'impression : 3058902
Dépôt légal : novembre 2024

Imprimé en France